驟雨橋《しゅううばし》
月時雨《つきしぐれ》の里《さと》
かねやま本館《ほんかん》
クスノキ

保健室経由、
Kaneyama Honkan
かねやま本館。
7
松素めぐり
講談社

保健室経由、かねやま本館。7

プロローグ

灰皿の中で。

煙草《たばこ》の吸《す》い殻《がら》が、廃材《はいざい》のように折り重なって山になっている。ふにゃりと押《お》し潰《つぶ》された、端《はし》っこが黒く焦《こ》げた吸い殻たち。

その上で今――、入館証が燃えていく。

火をつけるまではあんなに悩《なや》んだのに、いったん火がついたら、肩《かた》の力が抜《ぬ》けた。

「あ……」

視界の上のほうで、なにかがきらりと光った。ゆっくりと視線を向けると、天井付近《てんじょうふきん》をあの蝶《ちょう》が飛んでいる。いつの間に部屋に入ったんだろう。ゆらゆらと頭上を浮遊《ふゆう》する蝶から、華世子《かよこ》さんの甘《あま》い声が聞こえてくる。

――それでいいのよ。すべて、私に任せなさい。

うん……。俺《おれ》はぼんやりとうなずいた。

そうだ、もう悩《なや》まなくていいんだ。もうすべて、この人にゆだねさえすれば。

不思議だった。

焚《た》き火《び》。花火。バーベキューの炎《ほのお》。親父《おやじ》と兄貴が吸う、煙草《たばこ》の火。

なにかがこうやって燃えていくのなんて、何度も見たことがあるはずなのに、こうして目の前で——自分がつけた火で——今まさに燃えていく様子を見つめていると、「はじめて見る」ような感覚になる。

そっか、そうなのか。「燃える」ってことは、「消えていく」ってこと。

「**かねやま本館**」と書かれた角印が、残りの日数も、じわじわと炎に覆《おお》われて消えていく。

燃えた灰から、木が燃える焦《こ》げたような臭《にお》いといっしょに、温泉の臭いが漂《ただよ》ってきた。ヒノキのような、硫黄《いおう》のような、雨の匂《にお》いの混じった温泉の——、ああ、かねやま本館の臭い。

嗅《か》いだとたん、心が一瞬《いっしゅん》たじろいだ。

本当によかったのか？

まだあと二日も残っていたのに、こんなことをしてしまって——。

でも、そう思ったのは一瞬《いっしゅん》で、すぐに温泉の臭《にお》いを押《お》しだすように、今度は甘《あま》ったるい、蜜《みつ》のような香りが脳内にどろりと流れこんできた。

——**いいのよ。あなたは正しい。**

華世子さんの声がいちだんと大きくなる。甘い香りが、すべてを侵食《しんしょく》していく。

体から、どっと力が抜《ぬ》けた。ますます思考がぼんやりしてくる。

ああ、なんだか疲《つか》れた。眠気《ねむけ》が、体の力を急激に奪《うば》っていく。

まぶたの重みに耐《た》えきれず目を閉じようとすると、眠気の向こう側から、小夜子《さよこ》さん、キヨやクジョー、かねやま本館で出会った仲間たちの顔が、次々と浮《う》かんできた。

みんなが、俺《おれ》を——こっちを見ている。優《やさ》しい、あの透《す》きとおるような眼差《まなざ》しで。

だけど、ああ……、その笑顔《えがお》が、甘い香りに覆《おお》われて薄《うす》まってしまう。どんどん遠くへ、流れるように消えていく。

「みんな……」

最後に見えたのは、あいつの——一平《いっぺい》の顔。

いつもどおり屈託《くったく》のない笑顔で、なつっこく俺を呼ぶ声。

（せんぱーい！　テラジ先輩《せんぱい》ー！）

閉じかけたまぶたの裏が、熱くなる。

嫌《きら》いになったわけじゃない。おまえの活躍《かつやく》のすべてが、苦々しかったわけじゃないんだ。

だけどいっしょにいると、自分がちっぽけに思えて、情けなくて苦しくて――……。

目尻《めじり》から涙《なみだ》がこぼれた、そのとき。

入館証が――灰になった。

燃《も》え尽《つ》きた灰から、細い煙《けむり》が立ち上っていく。その真上で、蝶《ちょう》がうれしそうに羽をバタつかせる。

とたん、ポケットに入れていた鍵《かぎ》が、ずしっと重みを持った。ゆっくりと取りだすと、

「わ………」

透明度《とうめいど》も輝《かがや》きも増して、まぶしくてたまらない。反射的に目を細めると、今までとは比べものにならないくらいの強烈《きょうれつ》な眠気《ねむけ》が襲《おそ》ってきた。

この眠気に従えば、この前のようにあそこに行けるのだろうか――。

すがるような気持ちで目を閉じて、ガラスの鍵を、ぎゅうっと強く握《にぎ》りしめる。

――どうか俺《おれ》を、あの場所へ連れていってください。

願ったとたん、吸いこまれるように、眠《ねむ》りに落ちた。

一瞬《いっしゅん》だったのか、それとももっと長い時間だったのか。

目覚めると、そばに華世子さんが立っていた。

「よくやったわ、もう大丈夫《だいじょうぶ》。あなたはなんにも心配しなくていいのよ」

優《やさ》しく微笑《ほほえ》んだ瞬間《しゅんかん》、その顔は、華世子さんではなくなっていた。

ああ、この顔。あんなに毎日いっしょにいたのに、今はもう懐《なつ》かしさすら感じる。

「か、母さん……」

涙《なみだ》を流しながら、俺は手を伸《の》ばした。

「会いたかったでしょう？　さみしい思いをさせて悪かったわ。もう、ずうっとあなたのそばにいる。さあ、安心してここにいなさい」


――永遠にね。

瞬間《しゅんかん》。頭上で。

ガチャン

鍵《かぎ》がかかった、音がした。

一筋の光

じいちゃんの牧場がある、「これぞ北海道！」と叫《さけ》びたくなるような、広大な雪原から車で三十分。『満山牧場《まんざんぼくじょう》』という文字と、丸っこい牛のイラストが描《か》かれたトラックで、俺《おれ》は今、国道沿いを走っている。――といってもあれね、中二なんで、もちろん助手席ですが。

「ふう～～」

スマホをいじりながら、シートにだらりと背中をあずける。体がでかいせいで、膝《ひざ》がダッシュボードにあたる。「狭《せめ》ぇ」と愚痴《ぐち》ると、「あんたがでかすぎるのよ」と、運転席から叔母《おば》の葉《よう》ちゃんにすかさずツッコまれた。

寒さで白く曇《くも》った窓の向こうに見えるのは、ド派手なパチンコ屋の看板、ガソリンスタンド、携帯《けいたい》ショップにネットカフェ。牧場の近辺は一面の銀世界なのに、この駅前エリアまで来ると、急に「全国どこにでもある風景」に変わる。除雪車がかきわけた雪が、道の際《きわ》にどっさりと重ねられているところを除けば、半年前まで住んでいた茨城の街と、たいして変わらない。

「ねぇ、一平《いっぺい》」

葉ちゃんが、ちらりとこっちを見た。

「時間大丈夫《だいじょうぶ》そう？　まにあう？」

「五時からっつってたから、余裕《よゆう》じゃね？　――あ」

スマホに通知がきて、俺《おれ》はあわてて体を起こした。

「古馬《こば》さんからだわ。やべ！　もうテレビ局の人来てるぞ、だって！」

「え、うそ！　早くない？」

葉ちゃんの顔に焦《あせ》りが浮《う》かんだ瞬間《しゅんかん》、またスマホが鳴った。

「あ～、なんだ。ごめん大丈夫。先に古馬さんがインタビュー受けるらしいわ。おまえは予定どおり五時でいいからな～～、って」

「なんだよかった。まったくもう～、予定どおりでいいなら焦らせないでほしいわ」

もう古馬さんったら、とボヤきながら、「それにしても」と、葉ちゃんが笑う。

「テレビ局の取材だなんてねぇ〜〜。あんた、すっかり有名人じゃない」

「まあな」

俺《おれ》はニヤけながらスマホをしまって、サイドミラーで前髪《まえがみ》をチェックした。よしよし、ばっちりキマってる。いいじゃないっすか。かっこいいじゃないすか、俺。

葉ちゃんが、おおっ、と茶化してくる。

「張りきってますね〜〜！　一平くん」

「そりゃそうでしょ。テレビ局の密着だよ？　しかも全国ネット！　俺すごくね？　でもぶっちゃけさあ、俺よりも古馬さんのほうが張りきってんだよね。昨日、金髪《きんぱつ》にブリーチしてて、笑ったわ。Tシャツまで新調したらしいし」

あはは、古馬さんらしいわ！　と葉ちゃんが笑う。

「コーチがそんなに目立ってどうすんのよねぇ。だったら一平も、負けずにピンクとかに、染めちゃえばよかったのに」

「やだよ。髪《かみ》、傷《いた》むわ」

「よく言うわ。つい最近まで青だの緑だの、髪の毛をいじめまくってたくせに」

「だからこそだろ。もうこれ以上染めたら、パサつきすぎてやばいって。それに、満山《まんざん》く

んは黒髪《くろかみ》のほうが似合うよ〜って、クラスの女子たちに言われたし」

へぇ〜、そうですかそうですか。葉ちゃんは首をすくめて笑うと、ひとりごとのように、しみじみとつぶやいた。

「それにしても、まさかよねぇ。まだ信じられないわ。一平がこんなに変わって、テレビの取材まで受ける日が来るなんてさ……」

急に感極《かんきわ》まったのか、洟《はな》をぐすんとすすったので、俺《おれ》は笑いながらツッコむ。

「いやいや、いちいち大げさだから」

「だってそうじゃない。こんな日が来るなんて夢にも……、あ」

急にひらめいたように、葉ちゃんが左手で俺の肩《かた》をたたく。

「そうだ一平。あんた、そこらへんも、隠《かく》さずにちゃんとインタビューで答えなさいよ。ボクは、心優《こころやさ》しい叔母《おば》さんを毎日泣かせていたワルでした。だけど、格闘技《かくとうぎ》の世界に入って生まれ変わったんです。これからは、ますます練習に励《はげ》み、かならずや叔母さんに、苦労かけた分、百倍、いや千倍の恩返しを……！」

「ああもう〜、うるっせぇなあ。今、取材のイメトレしてるんだから、話しかけんなって」

「はいはい、すみませんねぇ、有名人はお忙《いそが》しいこと。——って言ってるあいだに、ほら、着きましたよお兄さん」

『古馬道場《こばどうじょう》』と、イカついフォントの看板が掲《かか》げられた建物の前に、トラックは止まった。

ここは、元K－1のプロ選手、古馬勝《まさる》さんがオーナー兼《けん》コーチを務めている格闘技《かくとうぎ》ジムだ。

ボクシングやレスリング、MMA《エムエムエー》（Mixed Material Arts）と呼ばれる総合格闘技《そうごうかくとうぎ》まで全ジャンルに対応しているけれど、俺《おれ》がやっているのはパンチとキックを合わせた、キックボクシングという競技。

まだ通い始めてたった半年。しかーし！　先月行われた中学生のキックボクシング大会、その名も、『THE《ザ》・YOUNG《ヤング》』、体重別のいちばん重いヘビー級部門で、俺はなんとなんと、全国一位の座に輝《かがや》いたのだ……！

——って、これだけ聞くと、ものすごい偉業《いぎょう》を成《な》し遂《と》げたっぽく聞こえるだろうけど、そもそも、中学生でキックボクシングをやっているやつ自体が少ないし、ヘビー級にエントリーするやつは、もっと少ない。だから、優勝までの道のりも、ぶっちゃけそんなに激戦ってわけでもなかったわけで（これ、あんまり大きな声では言いたくないけど）。

でもまあ、と、に、か、く！　この大会での優勝が、俺《おれ》の運命を変えたのはまちがいない。

決勝での俺の試合動画を、会場に来ていた知らない誰《だれ》かが、「**#次世代のスター**」と、SNSに載《の》せたらしく、

「**は!?　これが中二!?　ありえん**」

「**でか！　体格よすぎ！**」

「**格闘技《かくとうぎ》センス、えぐww**」

俺の体格がずばぬけてでかいってこともあって、まさかまさか、ネット上で話題になったのだ。

で、それがテレビ局の人の目に留まり、『密着。青春最前線』という、各分野で活《かつ》躍《やく》する十代を取りあげる番組からお呼びがかかり——その収録が今日ってわけ。

すごくね？　自分でもびっくりするわ。マジ、なんなんこの急展開。

「じゃあ一平、帰りは九時ね。がんばっておいで。取材しっかりね」

葉ちゃんが伸《の》ばしてきた拳《こぶし》に、「うす、サンキュ」と、自分の拳を合わせてから、「行っ

てきまーす」と助手席から外へ出た。

ブォォォ……と、去っていくトラックを見送りながら、今さっき言われた言葉を、頭の中で反芻《はんすう》する。

（ボクは、心優《こころやさ》しい叔母《おば》さんを毎日泣かせていたワルでした）

うん、はい。そこは素直《すなお》に認める。葉ちゃんの言うとおりでございます。

俺《おれ》は目を細めながら、今までの怒濤《どとう》の日々を思いかえす――。

今年のＧＷ《ゴールデンウィーク》。俺は母といっしょに、茨城から北海道のじいちゃんちへ遊びに来た。連休のほんのひとときを、じいちゃんちの牧場で過ごす。そんな軽いノリだった――はずなのに。

こっちに来た翌朝。母が消えた。

じいちゃんちの台所。ダイニングの古びたテーブルの上に、小さなメモと、くしゃくしゃの万札が三枚だけ置いてあったことは、いまだに忘れられない。

彼《かれ》と生きていきます。一平をお願いします。

じいちゃんばあちゃん、それに叔母《おば》の葉ちゃんも、メモを見て、口を開けたままかたまった。もちろん俺《おれ》の思考もフリーズ。

は？　なんのギャグ……？

もちろんすぐに母に電話をかけたけれど、すでに解約されていて繋《つな》がらなかった。つまり、すべては計画的だったってことだ。母は最初からこうするつもりで、俺を北海道に連れてきていたのだ。

……え、なにこれ、ガチ？　ガチの置き手紙なの？

俺の父親は、俺が生まれる直前に母と大げんかをして家を出てしまったそうで、一度も会ったことがないし、けんかのときにブチギレた母が写真も捨ててしまったので、もはや顔すらわからない。

だから、生まれてから十四年間ずっと、俺は母とふたりきりで暮らしてきた。

なのに、は？　こんなことってあっていいわけ？　つうか、「彼」って、どれだよ。彼氏みたいなやつ、いっぱいいいたじゃねぇか。しかもこれ、誰宛《だれあて》？　俺《おれ》にじゃないわけ？　ごめんとか、そういう息子《むすこ》への謝罪は？　で、三万って！　おいおいおい、笑わせんなよ。

母がこの場にいれば、勝手すぎるんだよ！　と、すべてをぶつけて怒鳴《どな》れるのに、その相手が不在。爆発《ばくはつ》しそうな俺のこの気持ちは？　なぁ、どこに投げればいいわけ？

頭上では、黄ばんだ換気扇《かんきせん》が、ブォォォンと休まずにまわっていた。行き場のなくなった俺の感情も、高速でかきまわして、めちゃくちゃに散らしてくれりゃあいいのに。

そんなわけで、俺の住む場所は、あっさりと「茨城↓北海道」へと変わった。保護者も、「母↓じいちゃんばあちゃん&叔母《おば》の葉ちゃん」へ。はい、チェーンジ。

了解《りょうかい》です。ではこれから気持ちを切りかえて、新天地でがんばりま～す――。

って、なるわけないだろそんなもん。

急激な変化に、俺の精神は大荒《おおあ》れ。まるで現実から逃《に》げるように、荒れた。もうなにもかもどうでもいい。投げやりになって、それはそれは荒れまくった。

どれぐらいひどかったかっていうと、まず、学校の授業は「だりぃ」とまともに受けない。先生たちには常に反抗的《はんこうてき》。体育祭や合唱コンクールなんかの行事も、友達と悪ふざけをして台無しにした。

真面目にやっているクラスメイトたちは泣き、先生たちは感情むきだしでブチギレた。

みんなの反応は当然だ。俺《おれ》が悪い。なのに俺は、「うるせぇなあ」と逆ギレして暴れた。

学校の先生たちはもちろん、じいちゃんばあちゃんも疲《つか》れきって、もはや俺のことを諦《あきら》めかけていたと思う。でも、葉ちゃんだけは違《ちが》った。

「一平。ねぇ一平、ちゃんと聞いて」

根気強く、何度も俺を諭《さと》そうとした。

「あんたがね、いっぱい傷ついて、もう自分でもどうしていいかわからないのはわかる。けどね、だからって先生やまわりに八つ当たりするのは、違うんじゃない？　そんなのなんの解決にもならない。あんたはね、傷ついた分、何倍も何百倍も幸せになっていいんだよ。だからさ、一生懸命《いっしょうけんめい》、前向いて生きよう。自分で未来を壊《こわ》してどうすんの」

だけど、どれだけ葉ちゃんに真剣《しんけん》に言われようと、心は動かなかった。

――なに言っちゃってんだか。

熱く言われれば言われるほど、引いてしまう。

母に置いていかれたことが、俺の心に、言葉にできない深い闇《やみ》をもたらしていた。誰《だれ》になにを言われようと、どれだけ優《やさ》しくされようと、「どうせ」という思いがもたげてくる。「そんなこと言っちゃって、どうせ俺《おれ》を見捨てるくせに」「どうせ、裏切るくせに」。もしかしたら俺は、「どこまでやったら、まわりが自分を気にかけてくれるのか」を、無意識のうちに試《ため》していたのかもしれない。

ここまでしたらどうだ？　じゃあ、これはどうよ？

どんどん行動がエスカレートして、自分でも歯止めが利かなかった。ちょっとしたことでキレて、葉ちゃんの胸《むな》ぐらにつかみかかったり、ものにあたって皿やグラスを割り、家の壁《かべ》にもいくつも穴を開けた。

中二といえど、俺は先生たち大人を含《ふく》め、学校の誰《だれ》よりも身長が高くガタイもいい。騒《さわ》いでいる声を聞いて、恐怖《きょうふ》を感じた近所の人が警察を呼び、大ごとになったこともあった。

家族はみんな、クタクタだったはずだ。まだ四十代前半なのに、葉ちゃんはどさっと白《しら》髪《が》が増えたし、じいちゃんはやせ、逆にばあちゃんはストレスでぶくぶく太った。人間のストレスが伝わるのか、牛舎にいる牛たちですら、不安定になって下痢《げり》ばかりする。もう、満山家は、ぐっちゃぐちゃ、ドン底のドン底だった。

（だけど、格闘技《かくとうぎ》の世界に入って生まれ変わったんです）

そう。そんな、どうしようもなかった俺《おれ》に差した一筋の光。

それが、格闘技——キックボクシングだった。

インタビュー

「よし」

スポーツバッグを肩《かた》にかけなおし、気合を入れて扉《とびら》を開ける。

すぐに、パンパンッとミット打ちの音や、サンドバッグの鎖《くさり》がジャラジャラと揺《ゆ》れる音、先に来ているみんなの、ハッ、ハッという息づかいが耳を打つ。汗《あせ》の臭《にお》いが漂《ただよ》う空間。そこらじゅうにあふれる熱気。

いつもながら、俺《おれ》の身体《からだ》じゅうの細胞《さいぼう》が、ゾワッと沸《わ》き立《た》つような気分になる。ああ、早く体を動かしたい。早くリングに立ちたい。この空間に一歩足を踏《ふ》み入《い》れたとたん、気分が一気に上がる。

真ん中にそびえる四角いリングの前で、カメラマンとマイクを持った音声さん、インタビュアーらしき女性に囲まれて、誇《ほこ》らしそうに胸を張っている金髪《きんぱつ》のマッチョ。Tシャツだけじゃなく、いかつい金のネックレスまで新調している強面《こわもて》のこの人が、ここのオーナー兼《けん》コーチの古馬《こば》さんだ。

「失礼します！」

俺《おれ》が腹から声を出して頭を下げると、古馬さんがニカッと笑った。

「お、来たな主役」

テレビ局の人たちも、「あ」と、笑顔《えがお》になる。

「きみが、満山一平《まんざんいっぺい》くんだね？　わあ、やっぱり大きいねぇ。とても中学生には見えないわ」

グレーのパンツスーツを着た、いかにも仕事できます！　って感じのショートカットの女性が、

「加藤《かとう》っていいます。よろしくね」

と、こっちに名刺《めいし》を差しだした。

誰《だれ》もが知っているテレビ局のロゴが入っている。それを「ども」と受け取りながら、うわ、名刺もらっちゃった、俺すげぇ、大人みたいじゃん！　と気持ちが高ぶる。

「事前にメールで説明させてもらったとおり、今日は先にいくつかインタビューさせても

らってから、練習風景を撮影《さつえい》させてもらいますね。カメラは意識しないで、いつもどおりにしてくれて大丈夫《だいじょうぶ》です。ありのままの一平くんを撮影したいから、身構えないでね」

ってていっても、気になっちゃうよね、と加藤さんが笑う。

「了解《りょうかい》しました！　イケメンに撮《と》ってください！」と返すと、古馬さんも含《ふく》め、大人たちがいっせいに笑った。

普段《ふだん》、会うこともないような大人たちと、和気あいあいと話している俺《おれ》を、ジムにいる他の中高生や大人たちまで、あいつすげぇ、という目でチラチラ見てくるのがわかる。

ネットで注目されてから、俺を見るまわりの目は、あきらかに変化した。

今までは「なにをしでかすかわからない、危ないやつ」という恐怖《きょうふ》の視線だったのに、今はみんなが、「才能のあるやつ」という、まぶしい視線を送ってくれる。

――うおおおお、気分最高！

俺に貼《は》りついていた、「ワル」「不良」「ヤンキー」という古い看板は外され、「天才」「才能がある」「未来のスター」という、新しく輝《かがや》かしいものに変わったのだ！

「じゃあ一平くん、さっそくだけど、何個か質問させてね」

みんなに見られているとわかると、ますますテンションも上がる。俺は、わざと大きな

声で「よろしくお願いします！」と、大げさに頭を下げた。

加藤さんが、ふふっと、品良く笑ってから質問を始める。

「まだキックボクシングを始めて五か月って聞いたけど、どういうきっかけでやろうと思ったのかな？」

「ええっと、それはですね、学校の先輩《せんぱい》が、俺《おれ》に声をかけてくれて——」

俺は、しゃべりながらジムを見渡《みわた》して、奥《おく》のマットで、ストレッチをしている小さな背中を指さした。

「あ。あれ、あの人っす！」

声に反応したのか、「ん？」と、足を伸《の》ばしながら先輩が振《ふ》りむく。

「テラジせんぱーいっ！」

俺が声をかけると、先輩は「おす」と右手を上げて、加藤さんにもぺこりと軽く会釈《えしゃく》した。それからすぐに、ストレッチの続きに戻《もど》る。

加藤さんが俺に確認《かくにん》をした。

「ええっと、あの彼《かれ》が、きみを誘《さそ》ってくれた先輩……、ってことで合ってるかな？」

「先輩」というところで、少しだけ言葉が詰《つ》まったのがわかった。

俺《おれ》は極端《きょくたん》に背がでかいし、顔もごつい。反対に、テラジ先輩《せんぱい》は中三にしてはかなり小さいほうだし、丸い目が特徴《とくちょう》のかわいらしい顔立ちなので、私服だと小学生にまちがわれることもある。比べてみると、俺のほうが圧倒的《あっとうてき》に年上に見えるから、戸惑《とまど》ったのだろう。

「そうなんすよ。学校の先輩で、俺をキックボクシングに出合わせてくれた人なんです！」

力強く答えると、加藤さんが、へぇ、と目を丸くしてうなずきながら、「ちょっとあの子にも話を聞けますかね？」と、横にいた古馬さんに確認《かくにん》をした。すぐに古馬さんが、テラジ先輩を呼んでくる。

「ごめんね練習中に。少しだけ話、聞けるかな？」

加藤さんのお願いに、

「いいですよ」

テラジ先輩は、いつもどおりの爽《さわ》やかな笑顔《えがお》でうなずいた。

――やっぱ、先輩はすげぇよなぁ。

俺はこの笑顔を見るたびに、毎度、尊敬の念が湧《わ》く。

見た目こそ幼いけれど、中身は落ちついていて、中三とは思えないほど大人っぽい。し

かも、小学生の頃《ころ》からここに通っているので、格闘技《かくとうぎ》の知識も豊富だ。華奢《きゃしゃ》で小柄《こがら》だから
か、キックやパンチの威力《いりょく》が弱くて、選手としてはまだ活躍《かつやく》できていないけれ
ど――。

基本的に、キックボクシングの大会は、体重別で階級が分かれている。だから、体が小さいからといって、もちろんそれだけで不利になることはない。実際、プロの世界でも小柄なスター選手はたくさんいるし、自分の体重に合った階級を選べばいいだけのことだ。

だけど、俺《おれ》がこの前優勝した『THE・YOUNG《ザ・ヤング》』という中学生大会では、いちばん軽い部門でも、四十五キロ以上ないと出場することができないという、ボーダーラインが定められていた。体重が規定に満たない状態で出場すると、大怪我《おおけが》をするリスクがあって危ないからだ。

テラジ先輩《せんぱい》は、超小柄。ちゃんと聞いたことはないけど、おそらく体重は四十キロに満たないんじゃないかと思う。だから、大会への出場資格をもらえなかった。中学三年。出場できるラストチャンス――にもかかわらずだ。

悔《くや》しかったに決まってる。だけど、先輩はそんなそぶりは一切《いっさい》見せずに、試合に出る俺のために熱いアドバイスを送ってくれたし、俺が優勝したときも、いっしょに喜んでくれた。

涙が出るほどうれしかった。母のことで、完全に人間不信になっていた俺の心に、先輩の優《やさ》しさが光のように差しこんでくる。

ああもう、テラジ先輩って、すげぇわ。めちゃくちゃいい人じゃん！　俺、マジで、マジでこの人が好きだわ――……！

あのときの感動を思いだし、加藤さんから名刺《めいし》を受け取っているテラジ先輩をまぶしい気持ちで見つめながら、妙《みょう》なことに気づいた。

「ん？」

――なんか先輩の髪《かみ》、濡《ぬ》れてね？

学校が終わってから来ているはずだから、ジムにいる時間は俺とさほど変わらないはずだ。なのに先輩の髪は、まるで雨に打たれたかのように濡れていた。汗《あせ》かとも思ったけど、ストレッチをしていただけだし、顔にも体にも一切《いっさい》、汗などかいてない。

――なんで濡れてんだろ。シャワーでも浴びたとか？

一瞬《いっしゅん》だけ気になったけど、まあいいやとすぐに忘れた。

目の前で、今度はテラジ先輩へのインタビューが始まる。

「今、満山くんから、きみが彼《かれ》をこのジムに誘《さそ》ったって聞いたんだけど、どうして声をかけようと思ったのか教えてくれる？」

ああはい、とうなずいて、先輩《せんぱい》が話しだす。

「自分が好きなものって、ついまわりにも勧《すす》めたくなるもんじゃないですか。おもしろかった映画とか漫画《まんが》とか。そんな感じで、俺自身《おれじしん》がキックボクシングが好きすぎるんで、クラスのやつらとかも、けっこう誘《さそ》ってたんですよ。でも誰《だれ》も乗ってこなくて……」

そこまで言うと、先輩は俺《おれ》をちらりと見て笑った。

「そんなとき、学校で一平を見かけて、まずこの体格に驚《おどろ》いて。あとは全体の雰囲気《ふんいき》で、なんかこいつ、エネルギーありあまってそうだな、格闘技《かくとうぎ》向いてそうって思って――」


今から五か月前。俺が荒《あ》れていることは、学校じゅう、いや町じゅうの噂《うわさ》になっていた。

周囲からはすっかり「危ない子」という目で見られ、いっしょに悪ふざけをしていた仲間たちですら、「もうあの子と関わるのはやめなさい」と親から注意され、俺と距離《きょり》を取るようになっていたある日。

学校で、テラジ先輩が声をかけてきた。

「おまえさ、格闘技、興味ない？」

一度もしゃべったことがない人だったから驚《おどろ》いた。あまりにも小柄《こがら》で、最初は中一かと思って、「年下なのに、なにこいつタメ語使ってんの」とキレそうになったけど、少し話して中三だということがわかり、焦《あせ》った。

——やべ、マジか。

茨城にいた頃《ころ》つるんでいたグループは年功序列。学校の先輩《せんぱい》にだけは生意気を言っちゃいけない、という暗黙《あんもく》のルールがあって、それが俺《おれ》にはすっかり染《し》みついていたのだ。

——でもまさか。こんな小さいのに、ほんとに年上？

信じがたかったけど、上履《うわば》きにはたしかに、『**3－A　寺嶋《てらじま》**』と書いてある。

自分より四十センチ以上背の高い、しかも「ワル」として悪名高き俺に、小さな先輩は一切《いっさい》ひるむことなく、「なあ」と、爽《さわ》やかな笑顔《えがお》を向けた。

「キックボクシングとか興味ない？　俺、ジムで習ってるんだけどさ、おまえ、体格いいし、絶対向いてると思うんだけど。あ、そうだ、今日放課後暇《ひま》だったら、うち来れば？　試合動画、ぜんぶ保存してあるから、見ればああこういうもんかって、わかると思うけど」

はあ……？　急になんだよ。やだよ、興味ねぇし行かねぇよ。

そう言い返そうかと思ったけれど、放課後の予定なんて聞かれたのはずいぶん久しぶりだったし、相手は年上だからあんまり生意気は言えない。

結局、先輩《せんぱい》の穏《おだ》やかだけどまっすぐな視線に、俺《おれ》らしくもなく断りそびれてしまい、そのままの流れで、先輩の家に行くことになった。

「今、親父《おやじ》も兄貴も仕事でいないから、気楽にそこらへん、好きに座《すわ》って」

そう言うと、先輩はノートパソコンを持ちだして、さっそく試合動画を見せてくれた。

俺は、それまでまったく知らなかったけど、格闘技界隈《かくとうぎかいわい》では「世紀の一戦」と言われた、日本を代表するふたりの選手の試合。

詠尊《エイソン》 VS.《バーサス》 GINJI《ギンジ》

詠尊がオレンジ、GINJIが緑。それぞれのイメージカラーに合わせた、ド派手な照明がパーッと会場に照りつけ、まるでお祭《まつ》り騒《さわ》ぎだった。選手が入場すると、五万人もいる観客から、うわあああっといっせいに歓声《かんせい》があがり、会場のボルテージは最高潮。

——どうせただの殴《なぐ》り合《あ》いだろ。くだらねぇ。

ため息を吐《つ》く俺《おれ》の横で、テラジ先輩《せんぱい》は画面に前のめりになって目を輝《かがや》かせている。

流れでなんとなく来てしまったけど、別に格闘技《かくとうぎ》に興味があるわけじゃない。なんだか急に面倒《めんどう》になって、「やっぱ俺、帰りますわ」と言おうとした瞬間《しゅんかん》、カンッと、試合開始のゴングが鳴った。

「始まった!」と、テラジ先輩が息をのむ。それでも「あの、俺ぇ……」と声をかけようとしたら、シッ、と人差し指で制された。

あーあ、やっぱ来るんじゃなかったわ。小さく舌打ちをしながら、それでもなんとなく画面を見つめているうちに、俺は、いつの間にか腰《こし》を浮《う》かせ、前のめりになっていた。

ごくん。唾《つば》を飲みこむ。

リング上で始まったのは、ただの殴《なぐ》り合《あ》いでも、蹴《け》り合《あ》いでもない。

真剣勝負《しんけんしょうぶ》。魂《たましい》と魂の――本気のぶつかり合いだった。

一瞬《いっしゅん》の隙《すき》もない。相手の動きを読もうとする、真剣な眼差《まなざ》し。まるで、目から、肩《かた》から、頭から、足から、両選手の全神経からなにか――強烈《きょうれつ》なエネルギーのようなものが出ているみたいだった。

パンチが入る。避《よ》ける。キックが入る。避ける。逆にパンチ。一瞬、苦しげな表情をしたかと思うと、GINJI選手がすぐに攻撃《こうげき》を再開する。ああ、目が腫《は》れている。詠尊選手の口元からも、血が出ている。

「…………！」

俺《おれ》は呼吸をするのも忘れて、パソコンの画面にかじりつく。

互角《ごかく》の戦いだったが、結果は詠尊選手の判定勝ちだった。汗《あせ》だくになって、顔を腫らした両選手が、がっしりと抱《だ》き合《あ》った瞬間《しゅんかん》、俺の全身に一気に鳥肌《とりはだ》が立った。

ケンカじゃない。本気の、真剣《しんけん》の勝負をしたからこそ、こうやって抱き合えるんだ。

わああああああああっと、割れんばかりの大きな、五万人の声援《せいえん》が包む。

リング上の詠尊選手に、コーチやスタッフなのか、何人かの人たちが集まり、抱き合ったり、頭を撫《な》でまわしたりしている。詠尊選手の勝利を、誰《だれ》もが自分のことのように喜んでいるのが、画面越《がめんご》しでも伝わってくる。

瞬間。俺の胸に。熱い熱い、熱湯のような感動が、ぶわっと激しく湧《わ》き上《あ》がった。

胸が詰《つ》まって、苦しいくらいだ。思わず自分の心臓あたりに手を置いていた。

十四年生きていて、こんなに感動したことって、あっただろうか。

ああ、ああ……！　なりたい。

俺《おれ》はこの人みたいに、詠尊選手みたいになりたい……！

「びっくりしましたよ。動画観て、どばどば涙《なみだ》流してるんですもん。格闘技《かくとうぎ》なんか興味ねぇよって顔してたやつがですよ？　たった一本の動画観ただけで、俺もやりたいって、急に人が変わったみたいになったんですから」

な？　とテラジ先輩《せんぱい》に言われて、俺は、へへっと頭をかいてうなずいた。

「そうなんすよ。もうあの動画で、心臓ズドーンって撃《う》ちぬかれちゃって。そっからすぐ、先輩に古馬道場を紹介《しょうかい》してもらったんです。絶対通いたかったんで、家の手伝いがんばるからジム通わせてくれって、じいちゃんたちに頭下げて。おかげであの日から、俺、毎朝五時起きで牛舎の掃除《そうじ》してますからね？　マジえらくないっすか？　それに、古馬さんに『プロになりたいなら、学業もちゃんとやれ。格闘家は頭も使うんだからな』って言われたから、学校でも真面目に授業受けるようになったし。ま、成績は全然すけど」

わあ、それはすごい変化だね！　加藤さんがパチパチと手をたたくと、横から古馬さんも口を挟《はさ》んだ。

「こいつ、最初会ったときは、髪《かみ》も青く染めてたし、眉毛《まゆげ》も細いし、けっこうヤンチャな感じがバンバン出てたんですよ。でも、すごい勢いで変わったんで、こっちが驚《おどろ》きましたよ。一平あれだよな、おまえ、ジムの見学来てからすぐ、頭も坊主《ぼうず》にしたもんな」

「そうそう！　見た目も詠尊選手みたいになりたくて、じいちゃんのバリカン使って自分で刈《か》ったんすよ。今は、ちょっと伸《の》びてきちゃったけど、でも、詠尊選手も今ちょうど、こんくらいっすよね？　どうっすか？　ちょっと似てません？」

うん、たしかにちょっと似てるかもね、と加藤さんが言ってくれたので、俺《おれ》は「やっぱそうっすよね～～！」と、ますますはしゃいで声を張りあげた。

「いやぁ～～、ほんと俺、格闘技《かくとうぎ》に出合ってからは、毎日が幸せですわ。ガチで生まれ変わった、って感じっすね！」

鼻息荒《はないきあら》く話す俺に、「熱いねぇ、いいねぇ～～」と、カメラマンさんが親指を立てる。

「それで、さっそく全国一位か。なるほど、もともとの素質に努力が加わったら、無敵ですね」

加藤さんが、古馬さんのほうを向いてそう言うと、「まあそうですねぇ」と笑いながら、古馬さんがテラジ先輩《せんぱい》の肩《かた》を引き寄せた。

「こいつがまた、いい感じに一平を支えてくれてるんですよ。そこは、もっとこういう攻《せ》め方《かた》がいいだろとか、めちゃくちゃ的確なアドバイスしてくるんで、おいおい、俺《おれ》の仕事取るなよって感じですけど」

「古馬さん、大げさですよ」と、テラジ先輩《せんぱい》が止めたので、「いや、マジでそうじゃないっすか！」と、俺が代わりに力説した。

「テラジ先輩の才能、マジすごいんすよ！　試合をすげぇ客観的に分析《ぶんせき》できるっつうか。ジムにいるあいだだけじゃなく、放課後も家に呼んでくれて、俺が全然知らなかったキックボクシングの知識とか戦い方とか、そういうの、みっちり教えてくれて。俺が優勝できたのは、テラジ先輩のおかげっすよ。マジ恩人！」

　俺は、もうすっかりドラマの主人公になった気分だった。試合に出られなかったテラジ先輩への、ちょっとしたリップサービスの気持ちも混じって、興奮気味に、カメラに向かって宣言した。

「いつか絶対、俺とテラジ先輩のふたりで、詠尊とＧＩＮＪＩみたいな最高の試合、やってやりますよ！　そのとき、今撮《と》ってるこの動画に、『伝説は、ここから始まった――』的なテロップつけてください！」

「もうやめろよ一平、恥《は》ずかしいって」

笑いながら俺《おれ》のシャツの裾《すそ》を引っぱるテラジ先輩《せんぱい》に、カメラのレンズが向けられる。

「素敵《すてき》な関係ねぇ……」

加藤さんがうっとりとつぶやく横で、

「そんなん言われたら、コーチの俺の立場ねぇだろうが！」

古馬さんが叫《さけ》んだので、みんなが、どっと笑った。

寺嶋家《てらじまけ》の事情

テレビ番組は、大好評だったらしい。

「まさかあんなに反響《はんきょう》があるなんて、私も驚《おどろ》いちゃった。満山《まんざん》くんのキャラクターがいいから、みんな応援《おうえん》したくなるんでしょうね。寺嶋くんとのエピソードも、心が温かくなった、って、番組にたくさんメッセージが届いたのよ」

──取材させてくれてありがとう、きみのこれからを、私も応援しています。

加藤《かとう》さんからは電話でそう報告があったけれど、俺《おれ》に直接視聴者《しちょうしゃ》からの応援メールが来るわけでもないし、放送直後は、ぶっちゃけあんまり実感はなかった。でも、なんとなく開設したSNSのフォロワーが、放送後一週間ほどで一気に何千人も増えていて驚いた。

──うっわ、テレビの力ってすげぇ。

前に、一瞬《いっしゅん》だけ試合動画がバズったときとは比べものにならないくらいの反響だった。

学校の連中はもちろん、茨城にいた頃《ころ》の仲間たちや、まったく知らない人たちからも、連日、すごい数のコメントやメッセージが届く。

[**テレビ見ました！**]［**かっこよかったです！**]［**ファンになりました、応援《おうえん》してます**］

芸能人かと思うほどの華《はな》やかな都会の女子のアカウントから、［**大好きです♡**］と、DMが届いたときは、やっべ～～～！　鼻血が出るかと思った。

「すげぇじゃねぇか、一平《いっぺい》～～。茂樹《しげき》もけっこう映ってたしよぉ、おまえら、中学生で地上波デビューはさすがだよ。すげぇすげぇ」

テラジ先輩《せんぱい》の親父《おやじ》さんも、家に遊びに行くと、そう言って喜んでくれた。

寺嶋家は男だけの三人家族。陽気な親父と、しっかり者の二十歳《はたち》の兄貴、カズ兄《にい》がいる。カズ兄は、隣町《となりまち》の鉄工所で働いていて、俺《おれ》にも弟に接するようによくしてくれる、めちゃくちゃ気のいい兄貴だ。

町内の工場で働いているらしい親父さんは、帰ってくるなり、すぐに酒を飲み始める人で、基本いつも酔《よ》っぱらっている。吸った煙草《たばこ》の吸《す》い殻《がら》を、灰皿の上でジェンガのように重ねて、

「落ちそうで落ちねぇんだよ、すごくねぇか？　このバランス～～」

と、赤い顔をしながら笑う子どもみたいな人だ。

「いや、そんなんいいから、さっさとゴミ箱に捨てろよ。汚《きたね》ぇなあ」

すかさず、しっかり者のカズ兄がツッコみ、横からテラジ先輩《せんぱい》が、

「一平、まいっちゃうだろ、うちの親父《おやじ》」

笑いながら首をすくめる――ってのがいつもの流れ。

息子《むすこ》たちふたりがしっかり者なので、なんだか父親がいちばん年下に感じるときすらある。

でも実は、この親父さん、昔はお笑い芸人をやっていたらしく、カズ兄いわく、「一瞬、だけ有名だった」らしい。

「東京に進出して、何回かテレビにも出たことあんのよ。俺《おれ》らも、その頃《ころ》は東京で、そこそこいいマンションに住んでたもんな。んで、うちの親父、まさかの、あの人気コンビ、紅白温度計《こうはくおんどけい》と同期っていうね。東京にいた頃は、しょっちゅううちにも来てたよ」

最初その話を聞いたとき、俺はあまりの意外さに、「え～っ！」と、思わず声をあげてしまった。

「あの紅白温度計と!?　すっげ！　芸能人じゃないすか、親父さん！」

「へへ、まあなぁ〜。あいつらとはオトモダチよ、オトモダチ」

ニヤけながら、また新しい缶《かん》ビールを開けようとする親父《おやじ》さんを、カズ兄が「もう飲むなって」と止めながら俺《おれ》に言う。

「しょせん、過去の栄光だよ。なんの自慢《じまん》にもなんねぇって。紅白温度計は勝ち組だけど、こっちはおもいっきり負け組だから」

なかなか厳しい意見だ。カズ兄は続ける。

「テレビや舞台《ぶたい》に出られてたのなんかほんの一瞬《いっしゅん》で、じょじょにお笑いの仕事が減ってさ、組んでたコンビも解散。なのにこの人、ヘラヘラ笑って酒飲んでばっかりだし、売れてたときの調子で金バンバン使っちゃうし。ついに母ちゃんが愛想《あいそ》つかして家出ちまってさ。貯金もすっかり底ついて、家賃もはらえなくなって。で、しかたなく北海道の、この親父の実家に帰ってきたんだよ。でも、じいちゃんばあちゃんも、まもなくして死んじゃったし、金もないから、俺が進学諦《あきら》めて働くことになってさ。もう〜、すごいだろ一平。親父の――つうか俺ら家族の、このジェットコースター人生。いっそ映画化でもしてほしいわ」

「いや、ハッピーエンドじゃないから映画化できないって」

テラジ先輩《せんぱい》が笑いながらツッコむと、「たしかにな」と、カズ兄も笑った。

この家に、母親がいないのは最初からわかっていたけれど、そんな事情があったなんて、俺《おれ》はそのときまで知らなかった。

ほんと、映画みたいな壮絶《そうぜつ》な話だ。だけど、カズ兄が明るく「ネタ」っぽく話すし、テラジ先輩も笑っているので、そんなに重たく感じない。

「うへぇ〜〜、そうだったんすねぇ」

俺があいまいな相づちを打っていると、

「うるへぇなぁ」

親父《おやじ》さんが、ろれつのまわらない口で反論した。

「あのなぁ、上には上がいるんだぞぉ。おまえらも、ここから出ていったらわかるんだから。世界はでっかくてよぉ、天才がいっぱいいんだよ。あんなよぉ、紅白温度計みたいなのが近くにいたらよぉ、こっちがどんなに努力したって、必死こいたって、ぜーんぜん敵《かな》わねぇんだから」

ヒャヒャヒャヒャッと笑って畳《たたみ》にごろんと横になり、親父さんは数秒でイビキをかき始めた。

「ほんっと、ダメ親父《おやじ》だわ」

カズ兄が親父さんにボフッと毛布をかけると、テラジ先輩《せんぱい》は、「ここまでだめだと、もう逆にすがすがしいけどな」と笑った。

俺《おれ》はいっしょになって笑いながら、心の奥《おく》で、「なんだ、そうだったんだ」という、安心感が生まれていた。

そっか、なんだ。テラジ先輩も、母親に置いていかれたのか。

なんだか広い宇宙の中で、同じ地球人を見つけた気分。

それにしても、同じような境遇《きょうぐう》なのにテラジ先輩はすごい。カズ兄もそうだ。かなりしっかりしている。穏《おだ》やかで冷静で、酔《よ》っぱらってしょうもない親父さんのことも明るく受け止めて。母親に捨てられたショックで暴れまくっていた俺とは、人間としての質が違《ちが》う。

——すげぇ。マジかっこいいわ。

格闘技《かくとうぎ》の知識やセンスが優《すぐ》れているから、ってだけじゃない。俺は、やっぱり人として、心からテラジ先輩を尊敬する。先輩はすごい。これからもずっと、この人についていこう。

「そんで、一平の次の試合はいつなわけ？」台所からカズ兄が聞いてきた。

「春大会の予選が三月スタートなんで、二か月後っすね」

「そっかそっか。じゃあ、ますます注目されるだろうからがんばんないとな。茂樹も、高校生になったら、また別の大会にエントリーするんだろ？　次こそは出られるように、ほれ、いっぱい食え」

ドンッと、俺《おれ》たちの前に、黒胡椒《くろこしょう》がたっぷりかかった炒飯《チャーハン》が置かれた。

「うわ、うまそ！　いっただきまーす！」

カズ兄が作る、この炒飯が俺は大好きだ。寺嶋家に遊びに来るようになって、もう何度もごちそうになっている。

「熱っ」

ホフホフ言いながらかきこむ俺と違《ちが》い、テラジ先輩《せんぱい》は、レンゲでていねいにすくって食べる。そんな俺たちを見比べながら、カズ兄が笑った。

「おかわりもあるからな、遠慮《えんりょ》すんなよ」

「うす！」

カズ兄はいつも、かなり体格差のある俺と、同じ量のご飯をテラジ先輩にも出す。先輩

は食べきれずに残してしまうことがほとんどだけど、「なんとかして弟の体重を増やして、試合に出させてあげたい」っていう兄貴の愛を感じて、俺《おれ》は毎回、胸が熱くなる。

——どうかどうか、テラジ先輩《せんぱい》の体重が増えますように！

心の中で願いながら、黒胡椒《くろこしょう》のパンチの効いた炒飯《チャーハン》を、俺は夢中で食らった。

プレッシャー

YouTuber《ユーチューバー》としても人気がある有名な格闘家《かくとうか》が、「こいつは金の卵だ」と、俺《おれ》の試合動画を、自分のチャンネル内で紹介《しょうかい》したらしい。

公開されてからほんの小一時間。俺のSNSのフォロワーが、またどっと増えた。

「次の試合、いつですか⁉」「応援《おうえん》してます～！」

中学生のキックボクシングの大会なんて、今までそんなに注目されてこなかったのに、俺が有名になった効果で、春に開催《かいさい》される大会では、ライブ配信することを運営側が決めたらしい。

「配信、楽しみにしてます！」「絶対、勝ってね～！」「かっこいい姿、期待してま～す♡」

ネット上だけではない、学校でも近所でも、もちろんジムでも、声をかけられることが増えた。街のショッピングモールで、「もしかして満山一平《まんざんいっぺい》くんですか？」と、声をかけられたときには驚《おどろ》いた。マジか、やば〜〜〜。俺《おれ》、有名人じゃん！

今まで、「満山は、すぐキレるし怖《こわ》い」と、さんざん俺を酷評《こくひょう》していたクラスの女子たちですら、「試合動画見たよ、かっこよかったー！」と、ちょっと照れながら声をかけてくるようになったし、俺を敬遠していた近所の人たちも「がんばってる一平ちゃんに差し入れ」と、果物やら肉やら、牧場にどっさり持ってきてくれるようになった。

この、オセロがひっくり返ったような、急激な変化。

おお、おおお……！

俺は、もうもう、素直《すなお》に感動した。

やっぱな、ほら、やっぱりそうなんだよ！　ちゃんと成果をあげれば、俺だってほら、こうやって人に愛されるわけよ！

俺の心に、はっきりとした方程式が生まれた瞬間《しゅんかん》だった。

努力する↓結果が出る↓人に愛される↓「人生の勝ち組！」

だったら、がんばるのみ！　俺は、ますますストイックに自分を追いこむようになった。

学校でも、休み時間になるたびに、外に出てランニングをする。放課後はすぐにジムに行き、家に帰ってきてからも、ひたすら筋トレ。その様子をＳＮＳにあげると、すぐに何百件もの「いいね」がついた。数のカウンターが増えるたびに、喜びが湧《わ》き上《あ》がる。

顔も知らないたくさんの人が、こんなに俺《おれ》を応援《おうえん》してくれているなんて！　これ、すげぇことだよな！　やべぇ、マジ奇跡《きせき》！

最初は、ただただうれしかった。

でも、なぜだろう。そのうち、フォロワーが増えるごとに、モヤッとした灰色の感情が生まれるようになった。

今、俺は、「中学生大会で優勝」という看板があるから、応援してもらえる。結果を残したから、好きでいてもらえるんだよな。

だとしたら。え？　今後もし失敗したら？　もっともっと強いやつが現れて、次の試合でボコボコに負けたら？　おいおい、実は全然たいしたことねぇじゃん、がっかりしたわって、みんな去ってしまうんじゃないの？

そしたら、どうなる。また、荒《あ》れていた頃《ころ》の俺に――逆戻《ぎゃくもど》りってこと？

「……嫌《いや》だ」

俺は、首を横に振《ふ》る。そんなの嫌だ。絶対に嫌だ。俺は負けない。絶対に勝ちつづける。

今よりもっと、人に愛されるために――。

汗《あせ》だくでトレーニングをしながら、なんだかふと、終わりの見えないゲームをやってるみたいな気がしてきた。どこまでいったら、俺《おれ》は満足するんだ？　日本一？　世界一？　自分の価値を証明するために、より多くの人に認めてもらうために、どこまで行けば安心できるんだろう。

――って、ばかじゃねぇの、俺。そんなこと考えてる暇《ひま》があったら、練習しろって話。もっと。もっともっと。とにかく鍛《きた》えるのみ。

あんなにしょっちゅう遊びに行っていた寺嶋家《てらじまけ》にすら、気づけば行かなくなっていた。

「一平、あんまり自分を追いこみすぎるなよ。おまえ、もう十分すぎるくらいがんばってるんだからさ」

先輩《せんぱい》は、優《やさ》しさでそう言ってくれたのに、俺はそのとき一瞬、

本当に一瞬だけ、思ってしまったのだ。

――いや、先輩にはわかんねぇよ。試合出たことないし、注目されているわけでもないし、プレッシャーとか全然ないじゃん。

すぐにハッとした。ドキンドキンと、心臓から嫌《いや》な音がする。

は……？　先輩《せんぱい》が、試合に出たくても出られなかったことを知ってるはずなのに、それでも俺《おれ》をずっと応援《おうえん》してくれてるのに、その相手に向かって俺、今なんて思った……？

冷《ひ》や汗《あせ》が出た。俺、いつからこんなに、人を――先輩を見下すようになったんだ？

「どうした一平。顔色悪いけど、大丈夫《だいじょうぶ》か？」

小柄《こがら》な先輩が、身長差四十センチの俺の肩《かた》に、手をめいっぱい伸《の》ばして触《ふ》れたとき、申し訳なさと切なさと、愛《いと》おしさも混じっていたかもしれない、よくわからない感情で泣きそうになった。

「い……いや、大丈夫っす。すみません先輩。俺、ちょっとトイレ行ってきますね。なんか、腹冷えたっぽくて」

へへっと笑いながら先輩の手をかわして、トイレにかけこんだ。

個室にこもり、頭を抱《かか》える。

「はあ～～～……」

すべてが、夢のようにうまくいっているはずだろ。なのにどうしちゃったんだよ、俺。

応援してくれる人がたくさんいて、信頼《しんらい》できる先輩やコーチがすぐそばにいて、じいちゃんばあちゃん、葉《よう》ちゃんだって、俺を支えてくれている。俺よりガタイのいい、こんなに格闘技《かくとうぎ》センスのある中学生なんて、今、日本にはいないはずだし、怪我《けが》さえしなければ、次の大会でも余裕《よゆう》で優勝だ。そしたらまたフォロワーが増えて、スターへの階段を上れる。人生の勝ち組じゃん。前途洋々《ぜんとようよう》じゃん。なんの問題もねぇじゃん。

なのに。あああ、なんでだ。なんでこんなに不安になるんだ。

――こんなに応援《おうえん》してもらっているのに、もしも負けたら。

「あああぁ〜〜〜……」

うなりながら顔を両手でこすった。

終わりだ。負けたら、すべてが終わる。

「恐《おそ》れ」が、まとわりつくように胸にせまってきて、逃《のが》れられない。

本当の俺《おれ》

「だからって、これはねぇだろ……」

俺は、目の前に立ち上る黒い湯気を見つめながら、恨《うら》めしい気持ちで息を吐《は》いた。

(ううう、負けたらどうしよう〜〜〜……)

でかい体を丸めて、おびえたウサギのように震《ふる》えている、黒い湯気の中の自分。

「おいおいおいマジかよ。これが本当の俺？　きっつぅ……」

これは、ちょっと直視できない。ひどい。ダサすぎる。

早く消えてくれよと願いながら、湯気の自分を手ではらった。黒く透《す》けた、丸い背中が、震えながら空気に溶《と》けて消えていく。

「はあ〜〜〜……」

湯気が消えても、情けない自分の姿は、残像のように頭にくっきり刻まれたままだ。げんなりしながら、俺《おれ》は自分が浸《つ》かっている、このくすんだ緑色の――〈**緑青色**《ろくしょういろ》〉というらしいお湯に、持っていた手ぬぐいをヤケクソのように投げこんだ。

ビシャッと音を立てて、白い手ぬぐいが湯面に浮《う》かぶ。少しして、お湯が染《し》みこんだ手ぬぐいは、ゆらゆらとお湯の中に沈《しず》んでいった。

どうせ効能は、あれだろ。〈**怖**《こわ》**がり**〉とか〈**不安**〉とか、そういうネガティブ系の――。

引き上げた手ぬぐいを見て、俺は、はあ～と、長く息を吐《は》いた。

緑青色の湯　効能：恐《おそ》れ

「ほら、やっぱり……」

そのまま手ぬぐいを握《にぎ》りしめながら、肩《かた》を落とす。

現実が、まざまざと自分にせまってくる。

ああもう、わかってる、わかってるって！　このお湯の言うとおりだよ！

俺は今、恐怖《きょうふ》でいっぱいだ。負けたらどうしよう。応援《おうえん》してくれている人たちを、失ったらどうしよう。その思いに完全に支配されている。

だから、だから呼ばれたんだろ。

疲れた中学生のための湯治場《とうじば》、「かねやま本館」に――――。


「おす！　イッペー、いい湯だったか!?」

温泉から上がり休憩処《きゅうけいどころ》に行くと、キヨが俺《おれ》を出迎《でむか》えてくれた。

キヨは、ここ、かねやま本館の従業員。見た感じ（年齢《ねんれい》は非公開らしい。聞いても教えてくれない）、七、八歳《さい》の坊主頭《ぼうずあたま》の少年だ。

屈託《くったく》のない笑顔《えがお》に、さっきのお湯でショックを受けていた俺の心が、少しほぐれる。

俺は、は～、と息を吐《は》きながら、正直な気持ちをぶつけた。

「いい湯じゃねぇよ～～～。毎回きついわ。もう自分ですっかりわかってることを、湯気を通して、わざわざ言ってこなくてもいいっつうの」

勘弁《かんべん》してくれよもう～～～。俺が肩《かた》を落とすと、

「わかるよ、イッペーちゃん」

キヨの後ろにすでに座《すわ》っていた、前髪《まえがみ》の短い女子中学生がうなずいた。もうここで何度か会ったことがある、沖縄県から来ている中二、アチャコだ。

「かねやま本館の温泉って、バコーンッと、心えぐってくるよねぇ。いやそこ、言わないでくれよ、みたいなさ〜〜」

「おおお、アチャコ。だよなだよな。俺《おれ》なんか、初日に入った**銀朱色**《ぎんしゅいろ》の湯も、〈**心配**〉だったし、そのあとも、〈**不安**〉とか〈**臆病**《おくびょう》〉とかばっか。今日も、〈**恐**《おそ》**れ**〉だったし……。でもそっか、アチャコも同じような経験してんのか。なんか安心したわ」

ほっとして、俺は、アチャコの隣《となり》の、空いていた座布団《ざぶとん》にどさっと座《すわ》った。

ここで出会った中学生同士には、不思議な現象があって、元の世界に戻《もど》ると、おたがいの細かい個人情報が薄《うす》れてしまう。でも、俺は今、ネット上でそこそこ有名だし、「中学生のキックボクシングの全国大会で優勝」って検索《けんさく》するだけで、北海道にいる満山一平《まんざんいっぺい》だってすぐわかるんじゃねぇの、とちょっと思ったけど、アチャコいわく、

「それがさぁ、元の世界に戻ったとたん、イッペーちゃんがやってたのって、あれ？　なんの競技だっけ？　って、靄《もや》がかかったみたいに思いだせなくなるんだよねぇ。ここに来るとすぐに、そうじゃん、キックボクシングじゃん！　ってわかるのにさぁ」

――ということらしい。

まあでも、最近、過度に注目されて、知り合いにすら「変なとこ見せられねぇ」と気

張っていた俺《おれ》には、それくらいが気楽でちょうどいい。

「でもさぁ、イッペーちゃん。私のほうがすごいかもよ」

アチャコがテーブルにつっぷしながら、はあ、と息を吐《は》く。

「私が初日に入った**新橋色**《しんばしいろ》**の湯**なんか、効能が〈**自己嫌悪**《じこけんお》〉でさ、黒い湯気に出てきた自分が、ひたすらリアルな私に言うの。『あんたが嫌《きら》い、大っ嫌い』って。もう何十回も」

げっ、と俺は顔をしかめた。

「きっつ……！」

でしょでしょ、とアチャコが顔をこっちに向ける。

「しかもね、ね、聞いてよ〜。こっからがもっとひどいの。なんでそんなこと言うのって、お湯に向かって叫《さけ》んだとたん、頭上にあったでっかい桶《おけ》みたいなのから、バシャアッて、私の頭に、滝《たき》みたいに冷水が落ちてきてさあ……。いやいや、イッペーちゃん、そうやって笑うけどさ、これ、初日だよ、初日！　さすがにカチンときたよ。お風呂《ふろ》上がってから、小夜子《さよこ》さんに文句言っちゃったもんね」

「それは俺もキレるわ」

「でしょ〜。まあそのあと、小夜子さんと話して、結局は納得《なっとく》したっていうか、気持ちは落ちついたんだけどね。もっと自分を愛しなさいって、私たぶん、あのお湯に喝《かっ》入れられたんだと思う」

「は〜、なるほどなあ……」俺《おれ》は、しみじみとうなずいた。

「結局そうなんだよな。現実突《つ》きつけられる感じがきついけど、ここの温泉に入ると、やっぱりすっきりするし、気持ちが落ちつくんだよな。まあいっか、どうにかなるか、って気が晴れるっつうかさ。実際、今この瞬間《しゅんかん》、俺、〈**恐**《おそ》**れ**〉なんか感じてないし」

「そうそう、そうなんだよねぇ。だから、きつぅ〜って思いつつも、結局毎度、ここに来ちゃうんだよね」

そこで、俺たちの会話を黙《だま》って聞いていたキヨが、手をたたきながら笑った。

「終わり良ければすべて良し、ってな！　めでたしめでたし」

ずいぶんとあっさりまとめられたところで、橙色《だいだいいろ》の暖簾《のれん》から、かねやま本館の女将《おかみ》、小夜子さんが入ってきた。

「みなさん、おそろいですね」

おおっ！　待ってましたと俺は腰《こし》を上げる。「小夜子さぁ〜ん！」と、ファンのようにかけよろうとしたら、

「おい、イッペー。ベタベタすんなよ！」

キヨがすかさず、さえぎるように前に立ってきた。いやいや、アイドルのマネージャーじゃねぇんだから。「わ〜かったから、座《すわ》れって」と、俺《おれ》は坊主頭《ぼうずあたま》を右手で押《お》さえこむ。

小夜子さんの持つお皿の上には、塩おにぎりが七つ並んでいた。ほくほくと湯気が立ったツヤツヤのおにぎりに、アチャコが歓声《かんせい》をあげる。

「みんなほら、今日はこっちもあるよ」

小夜子さんに続いて、長身の若い男性が入ってきた。ここの従業員、クジョーだ。

クジョーの持つ墨色《すみいろ》のお皿には、大根おろしが添《そ》えられた、淡《あわ》く美しい、鮮《あざ》やかな玉子焼きが載《の》っている。

「このだし巻き玉子はすごいよ、もう絶品。はい、おにぎりといっしょにどうぞ」

クジョーが、テーブルの上のおにぎりのお皿の横に、コトン、と皿を置くと、アチャコが目を輝《かがや》かせて、さっそく箸《はし》を伸《の》ばした。

「え、待って、やば！　なにこの玉子焼き〜〜〜！　ふっわふわぁ！」

感激するアチャコの横で、俺も、おにぎりとだし巻き玉子の往復に夢中になる。

う、うまい〜〜〜っ！

ツヤツヤの、ちょうどいい塩加減のおにぎりと、だし巻き玉子の相性《あいしょう》がもう最高。口の中にまだおにぎりが残っているうちに、だし巻き玉子をほおばると、舌の上で米粒《こめつぶ》の塩分と、玉子焼きに染《し》みこんだ出汁《だし》がじゅわあっと混ざり合う。それに、冷たい大根おろしが加わって、あああああ、これはもう。

「止まんねぇわ〜〜〜……！」

ふがふがと大口で食《く》らう俺《おれ》の横で、アチャコが小夜子さんに、だし巻き玉子のレシピを聞き始めた。

「なるほど。ふんふん。え〜〜、昆布《こんぶ》は一晩水だしするんだあ。なんでぇ？　火にかけるよりも、えぐみがなくなる……。へぇ、知らなかった〜〜」

ここで毎回かならず会うわけではないけれど、少なくとも俺がアチャコに会うときは、こうしてかならず小夜子さんにレシピを聞いている。元の世界に戻《もど》ったら、ところどころ思いだせない部分もあるらしいけど、それでもできる限りしっかり聞いて、いつか自分で、ここの味を再現したいんだそうだ。軽いノリに見えて、意外と真面目だこと。

ちなみに、俺もアチャコも、同じ日にここに来たので、おたがいに、有効期限が終わるまでは、あと十六日。

「ごちそうさまでした！」

ほぼ同時に箸《はし》を置いたところで、

ゴォォォオン

今日はもう時間切れ。

第二保健室のベッドの上で、銀山《かねやま》先生が俺《おれ》をのぞきこんでいる。

「だし巻き玉子は、おいしかったかい？」

「なんで知ってんの？　あ〜、やっぱ、あれか。先生、どっかから隠《かく》れて見てたんだろ？」

「さあて、どうだろうね」

「怖《こわ》い怖い怖い。のぞき見、やめてくれ〜〜」

がははっと笑う先生の横で、俺はベッドから降りて靴《くつ》を履《は》いた。

先生が、なんで床下《ゆかした》の出来事を把握《はあく》しているのかはマジで謎《なぞ》だけど、まあ、本音では、口で言うほど怖くはない。そもそも、床下に湯治場があること自体があり、ない、ない状況《じょうきょう》だし、もはや、今さらなにが起きても驚《おどろ》かない。それに、こうして毎日会って、銀山先生への信頼感《しんらいかん》も生まれているし。

「さーて」

ぐうっと両手を伸《の》ばし、俺《おれ》は第二保健室に置いてある時計に視線を向けた。もう五時半か。帰ってジムに行く時間だ。でも、かねやま本館に行ってきたおかげだろう、不思議と今は〈**恐《おそ》れ**〉を感じない。体も心も軽《かろ》やかだ。

「おっし」

気合を入れて、リュックサックを手に取った。瞬間《しゅんかん》、スマホの通知音が鳴る。リュックの内ポケットからスマホだけ取りだすと、ＳＮＳに新規のコメントが届いたという通知だった。確認《かくにん》しようとして、どきっとした。

たしかに、新規の応援《おうえん》コメントは届いていた。でも、俺が気になったのはそこじゃない。

──フォロワーの数が、今朝よりも数人減っている。

「なんでだ……」

何万人もいるフォロワーのうちの、たった数人だ。それとは別に応援コメントも来ているけど、そんなの気休めにすらならなかった。全体の数が減ったことだけが、俺《おれ》の心に暗い影《かげ》を落とす。

温泉に浸《つ》かり、すっきり流してきたはずなのに。

また〈恐《おそ》れ〉が、せっかく軽くなった俺の心に、流れこんでくる。

——嫌《いや》だ。失いたくない。頼《たの》むから、いなくならないでくれ。減らないで、ずっと応援してくれよ！

フォロワーのひとりひとりの肩《かた》をつかんで、必死でお願いしたいくらいだ。

スマホを握《にぎ》りしめて立ちすくんでいる俺の肩に、銀山先生がぽんっと手を置いた。

「あんた、喉《のど》、渇《かわ》いたんじゃないかい？」

「え……？」

たしかに、もうすっかり喉は渇いている。

「だったらなんすか……？」

俺が眉間《みけん》にシワを寄せて聞き返すと、銀山先生は、また、ぽんぽんっと、俺の肩をたたいて言った。

「どんなに水を飲んでもね、またすぐ渇くんだよ。それと同じでね、いくら温泉に浸《つ》かって、あそこで休んで、ああ、これでもうすっかり満たされたと思っても、やっぱりまたぶり返しちまう。それが人間ってやつさ」

まるで、心の中を見透《みす》かされているみたいだった。鐘《かね》が鳴って、こっちの世界に戻《もど》ってきたとたん、すぐに心が渇《かわ》いて、不安でいっぱいになってしまう俺《おれ》を、先生はぜんぶわかっている。

「だから、また明日おいで。何度も来て、しっかり覚えればいい。正しい休息の方法をね」

わかったね？　と念を押《お》すように言ってから、先生は「ほら、しっかり持ちな」と、リュックサックを拾い上げ、こっちに差しだした。

「……うす」

そうか、そうだよな。また明日来ればいい。不安になっても、怖《こわ》くなっても。またここに来れば、かねやま本館に行けば、とりあえず気持ちは軽くなるんだから。

先生に見送られながら第二保健室を出た。振《ふ》りむいてみると、もうそこは、ただの壁《かべ》。先輩《せんぱい》とはじめてしゃべった、外階段の下。

夕方の空は、すでに夜の気配をまとったように暗い。校舎内からもれる灯《あか》りが、雪で覆《おお》われた校庭の一部を、ぼんやりと照らしていた。凍《こお》るような北国の風が、風呂上《ふろあ》がりの頬《ほお》を一気に引《ひ》き締《し》める。

——これが、現実の世界。

だけど俺《おれ》の肩《かた》には、まだ銀山先生の手の温《ぬく》もりが残っている。

「よし……」

吐《は》いた息が、白い煙《けむり》になる。

温もりが残っているうちに、さあ、ジムへ行こう。

刈安色《かりやすいろ》の湯《ゆ》

銀山《かねやま》先生の言ったとおり。どれだけ水を飲んでも、やっぱり喉《のど》は渇《かわ》くものだ。

すぐに不安になる心を埋《う》めるように、俺《おれ》は翌日の放課後も、かねやま本館へ向かった。


今日、俺が呼ばれたのは、「**刈安色の湯**」という、柵《さく》も屋根もない露天風呂《ろてんぶろ》。

きちんと刈《か》られているわけでもない、自然のまま伸《の》びた草木を、しとしとと細かい雨が包みこんでいる。そんな草むらの真ん中に、巨大《きょだい》な水たまりのように見えるあれが、どうやら今日の湯船のようだ。

「ははあ、ワイルドっすねぇ〜」

思わずそうつぶやいてしまったくらい、今まででいちばん、野生的な風呂《ふろ》だった。

「うし、とりあえず入ってみっか……」

いったい、どんな効能なのか。いつも少しだけ緊張《きんちょう》する。俺《おれ》は手ぬぐいを肩《かた》にかけて浴《よく》槽《そう》に向かった。

地面の土には、あちらこちらに、誰《だれ》かが踏《ふ》んだあとなんだろうか、草が倒《たお》れて重なった凹《へこ》みがあった。雨が溜《た》まってぬかるみになっている。足裏に泥《どろ》がついたけど、浴槽のお湯で洗えばいいやと気にせず歩く。

草に囲まれた水たまりのような浴槽には、わずかに緑がかった、鮮《あざ》やかな黄色いお湯が溜まっていた。ひんやりとしたちょうどいい涼《すず》しさの中で、細い雨が音もなくお湯を揺《ゆ》らしている。

浴槽のすぐ横には、ネギのような草がぴよんと伸《の》びていて、先っちょに、雨の粒《つぶ》が玉のように光っていた。

「おし……」

足元に置いてあった小さな桶《おけ》でお湯をすくい、まずは足を洗った。もちろん火傷《やけど》するほどじゃないけど、おおお、けっこう熱いじゃん。

水が出る蛇口《じゃぐち》かなんかがないか探してみたけれど、そんなのはないので、手でジャバジャバとかき混ぜてからお湯に浸《つ》かった。熱さで肌《はだ》がしびれるような感覚がわずかにするけれど、浸《つ》かっているうちに慣れてくる。

「ほ～～っ……」

お湯の熱さが心地《ここち》よくなってきたところで、ボコッと気泡《きほう》が立った。

——はいはい、今日はなんすか。

お湯の中で少しだけ姿勢を正すと、一気に黒い湯気が立ち上った。

「おっ……」

そこには、グローブをはめた俺《おれ》がいた。汗《あせ》だくでぜぇぜぇと肩《かた》で息をしながら、異様にギラついた目でこっちを見ている。

「気味《きみ》悪《わり》ぃな……」

自分自身のはずなのに、迫力《はくりょく》にゾワッとした。まるで獣《けもの》だ。

黒い湯気の俺が、額の汗を腕《うで》でぬぐいながら薄笑《うすわら》いを浮《う》かべている。そして、お湯に浸かっている俺を見下ろすようにして言った。

「俺は、スターになるんだ。いいや、なるべき人間なんだよ」

突然《とつぜん》の言葉に、驚《おどろ》いて目を見開いている俺に、**「だから」**と、湯気の俺は続ける。

「絶対に負けられねぇんだよ」

最後だけ声量が大きくて、ドンッと、心臓をおもいっきり殴《なぐ》られたような気分になった。実際に押《お》されたわけじゃないのに、思わずお湯の中でのけぞってしまう。肩《かた》にかけていた手ぬぐいが湯面に落ちた。

「あっ……」

手ぬぐいに気を取られた瞬間《しゅんかん》、湯気はもう消えていた。

お湯が染《し》みこみ、ぐしゃりと重たくなった手ぬぐいを引き上げる。そこにはお湯と同じ、わずかに緑がかった黄色い文字が浮《う》かびあがっていた。

刈安色の湯　効能：本音

「ほんね……」

事実だ。はっきりと口に出したことはないけど、これが俺《おれ》の本音。

スターになりたい。両親に置いていかれた分、これからはたくさんの人に愛されたい。すごいね、かっこいいね、好きだよ。数えきれないくらいの人にそう言われつづけるような、「人生の勝ち組」になりたい。

だからこそ、今までのお湯に出てきたように、「もし負けたら……」という恐怖《きょうふ》が湧《わ》き上《あ》がってしょうがないのだ。

せっかくこんなに応援《おうえん》してくれる人が増えたのに、これしか道はないと思っているのに、この道が絶たれたらどうなる？　また、誰《だれ》からも愛されない、荒《あ》れた自分に逆戻《ぎゃくもど》りだ。

手ぬぐいを握《にぎ》りしめながら、お湯に向かって問う。

「……で、どうすりゃいいんだよ」

それは、かねやま本館のお湯に浸《つ》かったあと、いつもうっすら思ってしまうことだった。

——で？

〝自分〟って人間の弱さとさんざん向き合わされて、「それで」？　これからどうすりゃいいわけ？　問題だけ投げかけないで、答えまでセットで教えてくれねぇかな。俺《おれ》、あんま頭よくねぇし、はっきり「正解」を教えてくれないと、わかんないんすけど。

そんなことを悶々《もんもん》と考えていたら、だんだんと頭が熱くなってきた。

「ちょ、なんか湯温、上がってね……？」

じわじわと、底から熱いお湯が湧《わ》き上《あ》がってくる。のぼせると困るので、俺《おれ》は手ぬぐいを絞《しぼ》って、ひとまずお湯から上がることにした。

「ひ〜、熱かったなぁ〜〜……」

でも、火照《ほて》って赤くなった体を、すぐに冷たい雨が冷やしてくれた。ただじっと雨の中に立っているだけなのに、ふわっと体が軽くなったような感覚がする。

あ〜、はいはいはい、これって、あれね。サウナとかでいう、「整う」ってやつね。

「ほ〜〜〜〜……！」

爽快《そうかい》な感覚に包まれて、両手をおもいきり広げた。頭がスッとクリアになる。

さっきまではどう向き合っていいかわからなかった、自分の「本音」。それも、ちょっと気楽に考えられるような気がする。

——なんの結論も出ねぇけど、とりあえずまあいっか。

「どうにかなるだろ……」

そのときふと、背後に誰《だれ》かの気配がした。

「ん……？」

振《ふ》りむくと。

え。

え？

うそだろ。

そこには、テラジ先輩《せんぱい》が立っていた。

理解できずに、思考が一瞬《いっしゅん》、完全に停止する。

――ま、幻《まぼろし》？　これも湯気？

だけど、どうやらそうじゃないみたいだ。何度瞬《まばた》きをしても、全裸《ぜんら》のテラジ先輩が、今、たしかに目の前にいる。

テラジ先輩のほうも、なにが起きているのか理解できないようだった。

「な、な、な……」

「なんで」のひと言すら出せずに、口をぱくぱくさせながら、先輩は手にしていた手ぬぐいでさっと自分の体を隠《かく》すと、戸惑《とまど》うようにあとずさりをした。そのままぬかるみに足を取られ、ベチャッと後ろにすべってしりもちをつく。

「えっ……、ちょ、大丈夫《だいじょうぶ》っすか！」

反射的に俺《おれ》がかけよった瞬間《しゅんかん》、先輩の背後にある脱衣所《だついじょ》の引き戸が、ガラリと開いた。

「‼」

扉《とびら》の向こうに立っていたのは、キヨだった。小豆色《あずきいろ》の甚平《じんぺい》の袖《そで》を肩《かた》までまくり上げ、手には、自分の身長よりも長い、巨大《きょだい》なしゃもじのような木の板を持っている。

「おぉ？」

キヨは、すっ転がっているテラジ先輩《せんぱい》を見て、小首をかしげた。

「なんだぁ、テラジおめぇ、すべっちまったのか？　ったくよぉ、なにやってんだよ」

キヨは木の板を足元に置いて、「ほれ」と、テラジ先輩に手を伸《の》ばした。俺《おれ》に会って唖《あ》然《ぜん》としていた先輩が、急にハッとしたように「大丈夫《だいじょうぶ》、自分で立てる。ありがとう」と、キヨの手を取らずに立ち上がる。

ふたりの様子からして、テラジ先輩がここに来たのは初めてじゃない感じがした。だとしたら、え、いつから？　なんで先輩が、疲れた中学生が呼ばれる湯治場なんかに？

すっかり泥《どろ》がついてしまったテラジ先輩を見て、キヨが笑った。

「あ〜あ〜〜、テラジってば、ケツまで泥だらけじゃねぇか」

それから、今度は立ちすくんでいる俺のほうを向く。

「イッペーもほら、そんなとこ突《つ》っ立《た》ってると、風邪《かぜ》ひいちまうぞ。入らねぇのか？」

「いや、今まで入ってたし……。ってか、そんなんどうでもよくて、え、待って待って、やばいわ。どういうこと？」

俺《おれ》は、混乱しながら、突《つ》っ立《た》っている先輩《せんぱい》のほうを向いた。

「なんでテラジ先輩がここに？　え、え、ごめん先輩、いつからっすか？」

「それは……。っていうか、一平こそいつから？　俺もびっくりしたよ。まさかおまえがいるなんて……」

「まあまあ〜、ふたりとも落ちつけって。風呂《ふろ》入りながら話せよ。オレが今、湯加減調整してやっから。ここのお湯は、温度が高いからよ、小まめに混ぜてやらねぇと熱すぎて入れなくなっちまうんだ。三十分くれぇ前に、クジョーも調整してくれてたんだけどよ、今度はオレの番」

キヨはそう言うと、混乱している俺たちの前で、お湯の中に木の板を入れた。そのまま、お湯をバシャバシャとかき混ぜ始める。

「ほら、おめぇら、群馬県にある草津温泉《くさつおんせん》って知ってるか？　あそこでもやってるだろ、湯もみ」

俺とテラジ先輩が、「草津……？」と首をかしげると、なぁんだ、おめぇら草津温泉も

知らねぇのかよ〜〜、ったくよぉ、と言いながら、キヨはちょっと得意げになって、

「しっかたねぇなあ、オレが見せてやっから」

足でトントンとリズムを取り始めた。

「湯もみはなぁ、歌いながらやっから楽しいんだ。いいか？　これが〈**かねやま本館節**〉ってやつよ」

〽かねやま本館　よいとこ
休みにおいで　のんびりしてけ
ア　ヨッコイショ　コラショ
雨ふり　湯けむり　手ぬぐいつけてみ
疲《つか》れた心は　湯船に置いてけ
ヨホホイ　ノ　ホイホイ
すっきりさっぱり　鐘《かね》鳴りゃ　夕焼け
サア〜〜　サ　ヨイヨイ

キヨは、器用に木の板を動かしながら、ちょっと鼻にかかった独特の声の出し方で、歌いつづける。こんなに幼いのに、まるで民謡《みんよう》かなんかを歌う、陽気なじいさんみたいだ。

目を閉じながらリズミカルに板を動かすキヨがおもしろすぎて、俺《おれ》とテラジ先輩《せんぱい》は同時に噴《ふ》きだした。げらげら笑っているうちに、なんで先輩がここにいるのかとか、そういう疑問が、一瞬《いっしゅん》だけふっ飛ぶ。

「やべぇ、おもしれぇ～～！　これ、絶対バズるやつじゃん！」

思わず俺がそう言うと、「バズるバズる」と、先輩も笑った。

かねやま本館にスマホは持ちこめない。撮影《さつえい》できないことを、もったいねぇ～～と笑いながら、俺と先輩は、キヨの歌に合わせて手拍子《てびょうし》を入れた。

「あー、おもろ」

ついつい、おもしろい場面に出くわすと、ネット上でたくさんの人にシェアしたいと思ってしまうけど、こうして、自分たちだけで楽しむのも贅沢《ぜいたく》かもしれない。

先輩《せんぱい》の本音

〈かねやま本館節〉とやらを、何回か繰《く》り返《かえ》し歌ってから、「よお〜っし」と、キヨは板をお湯から引き上げた。

「これでいい温度になった！　おし、入っていいぞ」

「えっ……」

たった今までいっしょに笑っていたくせに、俺《おれ》も先輩も、急にハッとして黙《だま》りこんでしまった。

――笑ってる場合じゃない。なんでここに先輩が？　つうか、先輩といっしょに、この風呂《ふろ》に入るなんて無理！　絶対、無理！

だって、かねやま本館の温泉は、普通じゃない。自分の心のうちをあらわす黒い湯気の出る温泉なのだ。しかも、先に浸《つ》かった俺は、ここの効能が**〈本音〉**だってことも、すでに知っている。

もちろん、テラジ先輩《せんぱい》とはめちゃくちゃ親しいし、なんでも話せる仲だ。でも、だからって、いやだからこそ、あの本音がバレるのは困る。「勝ち組になりたい」なんて思ってることがバレたら、こいつ調子に乗ってるな、って思われるかもしれない。

二の足を踏《ふ》んでいたら、キヨが「ほれほれ」と、板を床《ゆか》に置いて、俺《おれ》とテラジ先輩の背中を押《お》してきた。

「ちょ、おい！　わかったから押すなって！」

結局、先に俺が。次いで、テラジ先輩もためらいながらお湯に浸《つ》かることになった。

俺たちが肩《かた》まで浸かったのを満足げに確認《かくにん》すると、

「よし。じゃあ、オレはもう戻《もど》るからなぁ～」

キヨは、板を担《かつ》いで、さっさと脱衣所《だついじょ》へ戻ってしまった。

ふたりきりになったとたん、雨の夜の静けさが、急に際立《きわだ》ったような気がする。

チャポ……と、あごを湯面につけながら、俺はなるべく先輩のほうを見ないようにした。

キヨのおかげで、お湯はちょうどいい温度になっている。だけど、これからあの湯気が出るんだよなぁと思うと、やべぇ、見られたくねぇ〜〜！　恥《は》ずかしさでいっぱいになって、温度なんか、ぶっちゃけもうどうでもいいわ！

テラジ先輩《せんぱい》も同じような気持ちなのかもしれない。ちらりと見ると、先輩も気まずそうに首をかいている。

俺《おれ》は照れを隠《かく》すために、わざと声を立てて笑った。

「いやぁ、キヨのやつ、マジで強引っすよね〜〜！」

もうこうなったら、腹をくくるしかない。湯気が出る前に、自ら本音を言っちまえ！

「先輩〜〜！　実は俺、さっきもこのお湯に入ったんで、黒い湯気出てるんすよね。あの湯気って、二回入っても出んのかな？　そこらへん、ちょっとわかんないんすけど」

「ああ、どうなんだろうな……」先輩も小さく笑いながら首をかしげる。

「つうか、このお湯の効能、ネタバレしちゃうとこれっすよ、これ！」

俺は丸めて持っていた手ぬぐいをパンッと広げた。効能の部分を、テラジ先輩が読みあげる。

「本音……」

「そうなんすよ〜〜。ああもう、こうなったら恥ずかしいけど、先輩にも見てもらいますよ、俺《おれ》の本音！　頼《たの》むから引かないでくださいね？　よーし、湯気め、出てこいやぁッ！」

ほとんどヤケクソのように、俺が湯面に向かって両手を広げたそのとき。

ボコッ。

先輩《せんぱい》のあごの下、湯面から気泡《きほう》が生まれた。

すぐに、ボコボコボコッと、気泡がいくつも生まれ、まとめてバチンッとはじけたかと思うと、それはあっという間に、黒い湯気となって立ち上った。

「あっ……」

テラジ先輩から出た、黒い湯気。

そこには、ボクシンググローブをはめた先輩がいた。湯気のテラジ先輩は、目を細めながら、はあっと、力なくつぶやく。

「……いいよなあ、一平《いっぺい》は」

名前を呼ばれて、ドキッとした。そして、ドキッとしたのは俺だけじゃなかったようだ。湯気の先輩の奥《おく》に、目を見開いた本物のテラジ先輩が透《す》けて見える。

湯気は、しゃべるのをやめない。

「体がでかくて、才能があって、親がいなくたって、あんなに優《やさ》しい家族がいて。牧場

だってあるんだから、たとえ格闘家《かくとうか》になれなくても、将来的に心配いらないじゃん。一平は恵《めぐ》まれてる。俺《おれ》とは全然、全然違《ちが》うよ。俺には格闘技《かくとうぎ》しかない。だから一番になりたいのに、誰《だれ》よりも強く、誰よりもかっこいい選手になりたいのに……」

「えっ……」

湯気の中の先輩《せんぱい》が、唇《くちびる》をかみしめながらうつむいた。

「どんなに必死こいても、敵《かな》わない。死ぬほど努力したって、追いつけない」

愕然《がくぜん》とした。

これが——先輩の、本音？

いつだったか、先輩の親父《おやじ》さんが言っていた言葉が、妙《みょう》にくっきりと頭に浮《う》かぶ。

(あんなよぉ、紅白温度計《こうはくおんどけい》みたいなのが近くにいたらよぉ、こっちがどんなに努力したって、必死こいたって、ぜーんぜん敵わねぇんだから)

親父さんのように、テラジ先輩も、俺にそう感じているってことなのか？

「一平といると、俺は自分がみじめでつらい……」

黒い湯気のテラジ先輩は、最後に弱々しい声でそうつぶやくと、音もなく消えた。

あとはただ、うるさいほどの静寂《せいじゃく》が、俺たちのあいだにあるだけ。

「あ…………」

言葉が出なかった。

先輩《せんぱい》は気まずそうにうつむいて、

「ごめん……。先上がる」

逃《に》げるように脱衣所《だついじょ》に行ってしまった。

残された俺《おれ》は、口を開けたままお湯に浸《つ》かりながら、ただただ細い雨に打たれるだけ。

俺から、黒い湯気は出なかった。どうやら、湯気が出るのは最初の一回だけらしい。

自分の本音は見せずに、先輩の本音だけ見てしまった。

どうしていいか、わからない。

アチャコの本音

脱衣場《だついじょう》に、もう先輩《せんぱい》はいなかった。

俺《おれ》が追いかけてくると思って、焦《あせ》ったのかもしれない。いつもきちんとしている先輩らしくなく、棚《たな》にあったカゴはひっくり返り、タオルや手ぬぐいが、床《ゆか》に散らばっていた。

自分の体もろくに拭《ふ》かないまま、俺も急いで甚平《じんべい》を着て、とりあえず休憩処《きゅうけいどころ》へ向かう。

橙色《だいだいいろ》の暖簾《のれん》をめくると、中には、アチャコしかいなかった。

「やっほー、イッペーちゃん、また会えたね」

アチャコは明るく片手を上げて、それからすぐに心配そうに眉根《まゆね》を寄せた。

「どしたの。よく見たら、髪《かみ》びちゃびちゃじゃん。顔色も悪くない？　大丈夫《だいじょうぶ》？」

「まあ、いろいろあって……」

言いかけてハッとした。暗くてわかりづらいけど、アチャコの横にある丸い窓の向こう——雨降る夜の庭で、テラジ先輩《せんぱい》とクジョーが並んで歩いている。

「悪《わり》ぃ、ちょっとどいて！」

急に窓にかけよった俺《おれ》に、アチャコがギョッとしたように目を丸くする。

「なになになに、急になに」

「いや、あの人、同じ学校の先輩で……」

えっ？　と眉根《まゆね》を寄せながら、アチャコは窓の外に視線を向けて、

「あの人って、もしかしてテラっちのこと？　え、ってか、うそ！　イッペーちゃん、テラッちと同じ学校なの!?」

「て……、テラッち？」

ずいぶんと仲が良さそうな呼び方だ。びっくりして、すぐに問いただす。

「な、なんでアチャコが、テラジ先輩のこと知ってんの？」

「だって、テラッちとは、ここで何回か会ってるもん。それに、テラッち、今さっきも、一瞬《いっしゅん》ここに顔出してたし。でも入ってくるなり、ちょっと頭冷やしてくるわって、外に行っちゃってさあ。で、クジョーが、だったら俺もいっしょに行くよって追いかけたの」

「マジ!?」

「マジマジ。え……、てか待って」

アチャコは頭を整理するように、人差し指を自分の額にあてた。

「ふたりが同じ学校……？　そういえば、テラッちもキックボクシングやってるって言ってたけど……。え！　もしかして、イッペーちゃんと同じジムだったり!?」

「うん。同じジムに通ってる」

「え〜っ！」アチャコがこれでもかと目を丸くする。

「いや、ふたりともやってるって言うからさ、キックボクシング、今めっちゃ流行《はや》ってるんだなぁって思ってたんだけど、まさか同じジムだったなんて……」

うそでしょ、と顔をしかめて、アチャコはひとりごとのように、ぼそぼそとつぶやく。

「ってことは、テラッちの言ってた、出来のいい後輩って、まさか……」

「なに？」

「いや、ごめん、なんでもない。なんでもないんだけど……、うわ〜、びっくりしたわ。まさかふたりが知り合いだったなんて」

「俺《おれ》もだよ。まさか先輩《せんぱい》もここに来てたなんて、今さっきはじめて知ったし。ってか、アチャコはどれくらい前から、テラジ先輩のこと知ってたわけ？」

「えーっとね、たしか、イッペーちゃんに会ったのと、同じくらいだよ。二週間くらい前かなあ？　でも、たぶんテラッちは、うちらよりも前からここに来てるはず。三日前にここで会ったときに、有効期限、あと数日って言ってたから」

「マジかよ……」

俺《おれ》より前から、先輩《せんぱい》がここに来てたなんて……。

「ほら、イッペーちゃんと私も、毎回会えるわけじゃないでしょ？　テラッちともそんな感じで、会えたり会えなかったり～、みたいなね。でも会うとけっこう、いろんな話するよ。私の悩《なや》みも聞いてもらったり、逆にテラッちの悩みも聞いたりとかさ」

「悩み……？」

「うん、いろいろと本音をね。そういうの聞いてたら、一個上だし、向こうのほうがよっぽどしっかりしてるのに、なーんかテラッちのこと気になっちゃってさぁ。小柄《こがら》だし細いから、ちゃんとご飯食べてるのかな？　っていっつも心配になっちゃうし。近くに住んでたら、私絶対、ご飯作って差し入れとかしてると思う。――って、彼女《かのじょ》でもないのに、おまえなに言ってんだって感じだけど」

急に早口になって、少し頬《ほお》を染めながらアチャコが笑う。いつもあっけらかんとしていて、どっちかというとサバサバしているアチャコの、見たことのない表情だ。

「なにアチャコ、もしやテラジ先輩《せんぱい》のこと好きなの？」

「は？」

アチャコの顔が、真っ赤になった。

「ちょ、ちょっとやだ、イッペーちゃんてば、なに言ってんの!?　そんなわけないじゃん、そんなわけないし！」

ムキになるあたり、はいはい図星っすね。わかりやす。

俺《おれ》は、へぇ、と目を細めながら、なんとなく複雑な気持ちになった。

いや、わかるよ。テラジ先輩はめっちゃいい人だし、俺も大好きだし。だけど、ふうん、あ、そう。そんなふうに好きになっちゃうくらい、アチャコはテラジ先輩と素敵《すてき》な時間を過ごしていたってことね。おたがいの悩《なや》みを言い合っちゃったりして。

別に、俺もアチャコを恋愛的《れんあいてき》に好きだとか、そういうわけでは断じてない。だけど、俺にとってはアチャコもテラジ先輩も、心の支えっつうか大事な存在なわけで、そのふたりが俺の知らないところで仲良しっていうのが、なんかなぁ。「のけ者」にされた感じ。

口をとがらせながら下を向くと、アチャコが、笑いながら俺の肩《かた》に触《ふ》れた。

「えぇ？　どうしたどうしたイッペーちゃん、なにいじけてんの」

「別にいじけてねぇよ。ただ、あーあ、テラジ先輩《せんぱい》は、俺《おれ》には悩《なや》みを打ち明けてくれなかったんだよなぁって思っただけ。アチャコの悩みだって、俺、ちゃんと聞いてねぇし」

「いやいや、それはしょうがないでしょ。なかなか言えないって、イッペーちゃんみたいなタイプには」

「は、なんで？」

顔を上げると、アチャコは「だって」と、口調を強めた。

「恵まれてるから」

いい、いい、いい、いい、
パンチを食《く》らったような気分だった。

「は……？」

眉根《まゆね》を寄せる俺に、

「あ〜、ごめん。ちょっと今、私、言い方きつかったかも」

たった今出した強い口調を取り消すように、アチャコは軽いトーンで続ける。

「だってさ、イッペーちゃん。格闘技《かくとうぎ》やってるって言ってたけど、それでその体格って、実際かなり恵《めぐ》まれてるでしょ？　いや、もちろん、努力してるからそんなに筋肉がついてるんだろうけどさ、でも、やっぱりそもそものスタートが違《ちが》うよ。そういう、生まれ持った才能がある人には——あ、テラッちがどうか知らないよ？　でも、私だったら、なかなか悩《なや》みは言えないなぁ。言ったところで、理解してもらえないだろうし」

さすがにムッとして、俺《おれ》は言い返した。

「なんでだよ。そんなの言ってみなきゃわかんないじゃん。なんで理解できないって決めつけるんだよ」

「才能がある人に、ない人の悩みなんてわからないでしょ？」

「いやいやいや、才能なんてそんなの関係ないって。人一倍努力すれば、誰《だれ》だって——」

「ずっとモデルになりたかったの、私」

「えっ」

「しかも、スーパーモデル。パリコレとかに出てくるような。一回、密着の動画観てから、ずっと憧《あこが》れてて。大勢の人の前で、一流ブランドの最新の服を着こなして、堂々とウォーキングしててさ、喝采《かっさい》浴びて、パリのすんごいおしゃれな家に住んでてさ、いいなあ、超《ちょう》かっこいい、私もああなりたいな〜〜〜って」

アチャコは、丸顔で愛らしい子だとは思う。だけど、背もそんなに高くないし、パリコレモデルっていわれると、ううーん、それはちょっと、さすがに厳しい気が……。

なんて答えていいかわからず言葉を探していると、アチャコがははっと笑った。

「イッペーちゃん、いいのいいの、気を遣《つか》わなくて大丈夫《だいじょうぶ》。おまえには無理だよって、顔に書いてある」

「いや、別にそんなこと……」

「そんなことあるよ」

アチャコはもう笑うのをやめて、俺《おれ》にはっきりと言う。

「どんなにがんばっても、私はパリコレモデルにはなれない。ああいう職業は、背が高いとか、そもそも骨格からして細いとか、そういう素質を持っている人しかスタートラインに立てない。もちろん努力だって必要だと思うよ。だけど、それはスタートラインに立てた人間がやること。そこに立てない人が、なにしたって勝てない」

なにか言わなきゃと思うのに、あまりにも説得力のある眼差《まなざ》しを向けられて、声が出なかった。黙《だま》っている俺に、「結局さ」とアチャコが続ける。

「成功を収められる人は、ひと握《にぎ》りだし、やっぱそういう人は、最初から持ってるんだよ。きらきら輝《かがや》く宝物みたいな才能をさ。それをわかってるから、才能がない人は苦しいんだよ。今日がしんどいのに、未来にも希望が持てないんだもん。きついよ」

意外だった。ここで何度も会っていたのに、俺《おれ》は、全然知らなかった。アチャコが、そんな気持ちを抱《かか》えていたことを。

「しょうがないよ、世の中ってそうなんだもん。才能がある人が評価されるし、愛される。それが普通《ふつう》だから」

つまりさぁ、と、アチャコは、少し投げやりな口調でまとめた。

「イッペーちゃんは、勝ち組ってこと。だから、負け組のうちらのことなんか気にせず夢に向かってがんばればいいいって」

——勝ち組。

それはまさに、俺が求めていたポジションだ。なのに、それをはっきり指摘《してき》されて、ぐわっと、胸がえぐられた気分になった。

たしかに、生まれ持った体格だったり、環境《かんきょう》の差で、叶《かな》わない夢もあるのかもしれない。スタートラインに立てない苦悩《くのう》に比べたら、俺の悩《なや》みなんて、贅沢《ぜいたく》すぎるのかもしれない。

だけど、だけどさ。俺は、拳《こぶし》を握《にぎ》りしめて口をつぐんだ。

まるでテラジ先輩《せんぱい》をかばうかのように、「あなたは才能があっていいよね」的なことを、信頼《しんらい》していたアチャコに、こんなにバシバシ言われると、さすがにしんどい。

こっちはこっちで、失敗できないっていう恐怖《きょうふ》が拭《ぬぐ》えねぇんだよ。注目されればされるほど、どんどんプレッシャーで追いつめられていく、俺《おれ》の気持ちなんてわかんないくせに。


口ごもった俺に、アチャコが「あ、なんかごめん……」と、目を伏《ふ》せた。

「私、今ちょっと、本音を言いすぎちゃったわ……」

——本音。

ゴォォォォン

そこで、時間切れの鐘《かね》が鳴ってしまった。

湯冷め

一瞬《いっしゅん》で俺《おれ》は、「第二保健室」のベッドの上。

「おかえり」

銀山《かねやま》先生に、のんきな声でそう言われたとたん、はぁっと脱力《だつりょく》してしまった。

今日は、予想外のことが多すぎて、どっと疲《つか》れた。「疲れた中学生のための湯治場《とうじば》」なのに、なんで俺、わざわざ疲れにいってるんだよ。

「おかえり、じゃないっすよ……」

げんなりしながら掛《か》け布団《ぶとん》を剥《は》いで起き上がった。

「銀山先生。なんで、俺とテラジ先輩《せんぱい》を同時に呼んだんすか。先輩の本音なんて――」

全然知らなかった。なんでも話せる仲だと思っていたのに、そうじゃなかったってことだ。アチャコの本音もそうだ。俺は、先輩ともアチャコとも、表面的に「仲良いふう」

だっただけで、本当はなにもわかってなかった。

「はあ……」

ショックだった。今日、かねやま本館に行ったせいで、テラジ先輩《せんぱい》との関係に亀裂《きれつ》が入ってしまった気がする。もう、今までどおりでいられなくなるかも。こんなことになるんだったら、本音なんて知らないまま、ただ笑い合ってるほうがマシだった。

銀山先生は、落ちこむ俺《おれ》を見ながら、白髪《しらが》交《ま》じりの眉毛《まゆげ》をゆっくり持ち上げる。

「あんたもあの子も、疲《つか》れていた。だからお湯に呼ばれた。ただそれだけのことさ」

「お湯に呼ばれたって……。いやいや、そういうのいいから。結局、ぜんぶ先生が仕組んだことだろ？」

しゃべりながら、だんだんイラついてきた。

「やめてくれよ、勝手にそんなんすんの。おせっかいだよ、おせっかい！」

荒《あ》れていた時代に戻《もど》ったかのように、つい強い口調になってしまう。

「あんたねぇ……」

銀山先生は、腰《こし》に手をあてて、はあっ、と口から息を吐《は》く。

「よく考えてごらん。一度でも、何時にここに来いって、強制したことがあったかい？

あんたとあの子が同じ時間に来たのだって、別に、こっちがしかけたわけじゃない」

ほれ、忘れるんじゃないよ、と言いながら、先生はベッド側《そば》に置いてあった俺《おれ》のリュックとダウンジャケットを、まとめていっぺんに俺の腕《うで》に放りこんだ。

「ちょ、なんだよそれ。今日のは偶然《ぐうぜん》だとしても、そもそも俺に声かけて、休んでいけって最初に声をかけたのは先生じゃねぇか。呼んだからには、そっちにも責任ってのがあるんじゃねぇの？　テラジ先輩《せんぱい》と気まずくなっちゃったじゃん。どうしてくれんの？」

「まったく。口の減らない子だねぇ」

先生は、ヤレヤレ、と息を吐《は》いてから、ぶっきらぼうにうなずいた。

「あああ、たしかにそうだ、あんたの言うとおり、最初に声をかけたのはあたしだよ」

「だろ!?　ほら、そうじゃねぇかよ」

俺が勝《か》ち誇《ほこ》ったように言うと、先生の表情が急に引《ひ》き締《し》まった。手垢《てあか》で曇《くも》った丸眼鏡の奥《おく》で、猫《ねこ》の爪《つめ》のように細い目が、ぎらりと光る。

「なっ……」

なんだよ、と口では言いながら、あまりの迫力《はくりょく》に、うっかり半歩下がってしまった。そんな俺を追いこむように、銀山先生が、「よく聞きな」と、にじり寄ってくる。

「もちろん、しっかり休むことも人に甘《あま》えることも大事さ。とても、とてもね。それを味わってほしくて、あたしは声をかけたんだからね。だけどさあんた、ハシゴを下りて床下《ゆかした》の世界に行くことも、あそこで温泉に浸《つ》かることも、決断したのは自分じゃないか。こっちが無理やり引きずって連れていったわけじゃない。なのに、うまくいかなくなると、人のせいにするっていうのはどうなんだい」

きっぱりと言いきられて、情けないことに、反論する言葉が出てこなかった。

「うっ……」

短くうなる俺《おれ》の脇《わき》に、シュッと、先生の右手が素早《すばや》く伸《の》びた。殴《なぐ》られるのかと思って反射的に避《よ》けたけど、先生はただ、俺の後ろのドアノブに触《ふ》れようとしただけだった。

「なにビビってんだい」

先生があきれながら扉《とびら》を開けると、すぐに、肌《はだ》を刺《さ》すような寒気が流れこんできた。

もう外は、ぶ厚い雪が積もった校舎裏。外階段の陰《かげ》になった場所。少し息を吸っただけで、喉《のど》の奥《おく》まで冷気が染《し》みる。フェンス近くの木の枝が、霜《しも》で凍《こお》りついている。

「べ、別に、ビビってなんかねぇわ！」

先生は、「はいはいわかったよ」と、俺を、さっさと外へと押《お》しだしてくる。

「ほれ、今日はもう帰るんだ。また明日、もしも来たくなったら、おいで」

——いつでも待ってるから。

最後にそう付け足して、バタンッと、扉《とびら》は無情に閉められた。

閉まったとたん、すうっと**「第二保健室」**の文字も扉自体も消えて、最初からなにもなかったかのように、ただの白い壁《かべ》に変わってしまう。

「は、なんだよ……！」

舌打ちをしながらも、胸のあたりでは、まだテラジ先輩《せんぱい》の本音がぐるぐるとまわっていた。

（……いいよなあ、一平は）

（一平といると、俺《おれ》は自分がみじめでつらい……）

アチャコの言葉も、俺に追いうちをかける。

（いやいや、それはしょうがないでしょ。なかなか言えないって、イッペーちゃんみたいなタイプには）

（恵まれてるから）

「恵《めぐ》まれてる……？」

ふつふつと、怒《いか》りが湧《わ》き上《あ》がってきた。

は？　どこがだよ。俺《おれ》、親に捨てられてんだぞ。それのどこが、恵《めぐ》まれてるんだよ。

（**体がでかくて、才能があって、親がいなくたって、あんなに優《やさ》しい家族がいて。一平は恵まれてる。俺とは全然、全然違《ちが》うよ……**）

イラついた。拳《こぶし》をおもいっきり握《にぎ》りしめる。

たしかに俺は、体格には恵まれてるかもしれない。だけど、家族だったら、テラジ先輩《せんぱい》には、あんなにおもしろい親父《おやじ》と、気のいい兄貴がいるじゃないか。それって、両親に置いていかれた俺より、ずっと恵まれてるんじゃないのか。

俺はずっと、愛されたかった。

ずっとずっと、さみしかった。

なんで俺ばっかりこうなんだよ、なんで俺ばっかり不幸なんだよ。まわりの友達が、あたりまえのように親に愛されてるやつらが、死ぬほどうらやましかった。あいつらは生まれたときから勝ち組だ。だけど俺はそうじゃない。あきらかに負け組。

だから、状況《じょうきょう》を――いや、人生を変えたくて、俺は今、必死で努力してるんじゃねぇか。応援《おうえん》してくれる人を失わないよう、自分も勝ち組になれるよう、こんなにこんなに必死で。

なのに、がんばったら今度は、いちばん大好きで——誰《だれ》よりも尊敬する——いちばんそばにいてほしいテラジ先輩《せんぱい》に嫉妬《しっと》されるのかよ。おまえといるとみじめだって、そう言われて。

なんなんだよ。じゃあどうすりゃいいんだよ……！

「ああああもおおおおおお！」

めちゃくちゃに雪を蹴散《けち》らした。リュックを振《ふ》りまわし、投げ飛ばす。

ふざけんじゃねぇよ！　おまえらにだって、俺《おれ》の気持ちなんてわかんねぇだろうがよ！

注目されればされるほど、応援《おうえん》されればされるほど、それを失いたくなくて、また捨てられるんじゃないか、やっぱり俺の人生に幸せなんか来ないんじゃないかって、怖《こわ》くて怖くてたまらなくて、毎日恐怖《きょうふ》に追いかけまわされている、俺の気持ちなんて————！

「あああああああああああ！」

うなりながら吐《は》いた息が、雲のように白く広がる。さんざん喚《わめ》き散《ち》らしたあと、どさりと膝《ひざ》をついて、雪の中に倒《たお》れこんだ。

喉《のど》が渇《かわ》いたら、何度でも水を飲めばいい。昨日、銀山先生はそう言っていた。心が渇いたら、かねやま本館に来ればいい、と。

でも、結局無駄《むだ》だ。行っているあいだだけ満たされても、戻《もど》ってきたら元どおり。しかも、かねやま本館には有効期限があって、そのあいだしか行くことができない。

「なんの意味もねぇじゃん……」

肩《かた》で息をしながら、そこらにある雪を力の限り握《にぎ》りしめた。血が出そうなくらい唇《くちびる》をかむ。強烈《きょうれつ》な寒さで、手足も鼻もジンジンと痛い。

こんなにめちゃくちゃに暴れても、ここは北海道、しかも冬。氷点下の世界で、体はあっという間に冷えていく。ああ、チクショウ。なんだか腹まで冷えてきた。

立ち上がり、遠くに投げ飛ばしたリュックを、みっともなく拾った。きゅるきゅると鳴る腹を押《お》さえて、校舎のトイレへ向かう。

最悪だ、腹がゆるい。額に脂汗《あぶらあせ》がにじむ。

用を足し、やっとのことで個室から出た。手を洗いながら、洗面所の鏡に映る自分の顔を見る。

――寒さと腹痛で、顔が白い。

俺《おれ》は力なく、ハッと笑った。

「……おもいっきり、湯冷めしてんじゃんかよ」

口に出したら、今度は泣きたくなった。どれだけ温泉で温まったとしても、こうして現実世界に戻《もど》ると元どおり。いや、むしろ温まった分、冷たさが余計に染《し》みる。

だったらいっそのこと、最初から温泉になんて入らないほうがよかったわ。ずっと支えてくれるわけじゃない、ずっと癒《い》やしてくれるわけじゃない、一瞬《いっしゅん》だけの温《ぬく》もりなら、はじめから知らないほうがマシだった。

「もういい。もういいよ……」

吐《は》き捨《す》てるようにつぶやいて廊下《ろうか》に出た、そのとき。

——**こっちなら、ずうっと温かいわよ**。

はっきりと、窓の外から声が聞こえた。

「え……？」

俺《おれ》は立ち止まり、窓の向こうに視線を向ける。

どんよりとした重たい灰色の空。降ってくる雪が、まるで鳥の羽のように見えた。風に乱されながら、ゆらゆらと舞《ま》い落《お》ちてくる。

「あ」

無数の雪の中で、なにかがキラッと光った。

「なんだ……?」

目を凝《こ》らすと、それは美しい蝶《ちょう》だった。

ガラスのような透明《とうめい》の羽を優雅《ゆうが》に動かしながら、雪の中で、まるで氷の結晶《けっしょう》のように輝《かがや》いている。近づいたり遠ざかったり、高くなったり低くなったりしながら、蝶はついに、窓の向こう側——まさに俺《おれ》の目の前に、とまった。

黒い縁取《ふちど》りの透明の羽。雪景色をそのまま透《す》かした美しい姿に、思わず吸いこまれるように見入ってしまう。

——**イッペーくん**。

信じられない。蝶が、俺の名前を呼んだ。額の裏まで、じいんと響《ひび》くような甘《あま》い声で。

驚《おどろ》いて目を瞬《しばたた》くと、どうしてだ。窓はしっかり閉まっているはずなのに、蝶がいつの間にか室内に入っている。ゆったりと頭上を浮遊《ふゆう》し、ついには俺の耳に、ファサッと美しい羽が触《ふ》れた。

——**おいで**。

声が、耳の奥《おく》まで響いた瞬間《しゅんかん》。意識が、ふっ……と遠のいた。

暖炉《だんろ》の広間

気がついたとき、俺《おれ》は、人生で一度も入ったことがないような、とんでもない豪邸《ごうてい》の中に立っていた。

「え……」

なんで俺、こんなところにいるんだ――――？

赤い絨毯《じゅうたん》の敷《し》き詰《つ》められた吹《ふ》き抜《ぬ》けの広間。高い天井《てんじょう》からは、真鍮《しんちゅう》の大きなシャンデリアがぶら下がり、高級そうな、細長いテーブルと布張りの椅子《いす》を照らしている。

正面には、小さな宮殿《きゅうでん》のような立派な石の暖炉があった。中でパチパチと、赤い炎《ほのお》が燃えている。

暖炉のせいか、あまりにも部屋が暖かくて、俺はダウンジャケットを脱《ぬ》いで、近くの椅子にボサッと置いた。

「は……？　え？　マジで、なんなん、ここ……」

俺《おれ》、今さっきまでかねやま本館にいたよな？　そんで時間切れになって、銀山《かねやま》先生に説教されて、雪の上で暴れて――。

で、今、なんでここに？　記憶《きおく》がない。

「どうなってんだ？」

おもいっきり混乱しながら、部屋をばたばたと歩きまわり、隅々《すみずみ》まで確認《かくにん》した。

まったく、見覚えのないところだ。

左側の壁《かべ》は、天井《てんじょう》まで続く棚《たな》になっていて、水槽《すいそう》のようなガラスケースが、いくつも隙《すき》間《ま》なく並んでいる。しかもよく見ると、中にはそれぞれミニチュアの家が入っていた。

「なんだこれ……、うわ、冷た！」

触《ふ》れると、どのケースもキンキンに冷えていて、ガラス面が白く曇《くも》っている。

部屋全体は暑いくらいなのに、なんでこの、ガラスケースはこんなに冷たいんだ……？

首をかしげながら、俺は窓の向こうに目を向けた。

「え……」

そのまま、窓辺に近づき、外を見る。

眼下には、月明かりに照らされた一面の花畑が広がっていた。薄《うす》いピンク色の、金平糖《こんぺいとう》のような小花で埋《う》め尽《つ》くされた花畑の向こうには、黒く輝《かがや》く夜の海が広がっている。

「どこだよここ……」

そのとき。かすかに歌声が聞こえた。誰《だれ》かが、鼻歌を歌っているようだ。

ハッとして、俺《おれ》は声の元をたどった。どうやら、奥《おく》にある、大きな両開きの扉《とびら》のほうから聞こえてくるようだ。近づくと、扉の表面に、木彫《きぼ》りが施《ほどこ》されているのに気づいた。

「蝶《ちょう》だ……」

それは、蝶の絵柄《えがら》だった。

そうだ、俺、ガラスの羽をした蝶を見たんだったよな。そんで、声が聞こえて……。

ハッとした。この美しい歌声。じいんとしびれるような甘《あま》い声。そう、この声だ。この声に俺は呼びかけられて――。

扉の向こうで、鼻歌がどんどん大きくなっていく。

誰なんだ、これは、この声はいったい――。

ギィ……。静かに、扉が開いた。

現れたのは、メロンソーダを手に持ったすらりと背の高いきれいな人だった。高級そうな、蝶が描《えが》かれた黒い着物を着て、肩《かた》からも着物と同じ柄《がら》の黒いポシェットをかけている。

「こんにちは、イッペーくん」

「なんで俺《おれ》の名前――」

「ふふ。私はなんでも知ってるの。あなたのなにもかもね。さあ、まずは座《すわ》って話しましょう。こっちへどうぞ」

女の人はそう言って、俺を暖炉《だんろ》の前のテーブルへとうながした。

魅《み》惑《わく》のお誘《さそ》い

「か、かねやま新館……!?　ここ、かねやま新館っていうんすか!?」

ギョッとして立ち上がってしまってからすぐに、俺《おれ》は「あっ」と自分の口を押《お》さえた。

かねやま本館のことを、元の世界で話してはならない。あの規則を思いだしたからだ。

やべ、と青ざめる俺に、女の人――華世子《かよこ》さんというらしいその人が「大丈夫《だいじょうぶ》だから、ねぇ、座《すわ》って」と優《やさ》しく声をかけてくる。

「ここは、夢の世界だから、規則なんて気にしなくていいのよ」

「夢?」

「そう、夢。私が作った夢の世界に、あなたを招待《しょうたい》したの。つまり、現実のあなたは今、眠《ねむ》っているわけ。だから大丈夫。ここでは、規則なんか気にしなくていい」

「ええ……!?」

マジ!? でも、なるほど。夢か。

豪華《ごうか》な広間を見渡《みわた》して、俺《おれ》は納得《なっとく》した。

そうだよなぁ、夢でもなきゃ、いきなりこんなところにいるのおかしいもんな。

「でも、夢に招待……って、つまりこれ、俺が勝手に見てる夢ではないってことっすよね？」

「ええ、そうよ」

華世子さんの話によると、どうやらこの華世子さんは、小夜子《さよこ》さんと幼なじみで、キヨやクジョーのこともよく知っているらしい。

「もちろん、かねやま本館はいい場所だと思うわ。でも、時間制限や期限、それに規則まであるでしょう？ それじゃあ、本当の休息なんて得られない。だから私は、ここを――かねやま新館を作ったの。夢の中だったら、みんなもっと自由に過ごせるはずだと思って」

華世子さんはそこまで話すと、今さっき自分で持ってきたメロンソーダを口にした。

「イッペーくんも飲んでね」と、もうひとつのほうを、俺にもさりげなく勧《すす》めてくる。

喉《のど》が渇《かわ》いていた俺は、遠慮《えんりょ》せずに手を伸《の》ばした。ズッとストローで吸い上げると、喉の奥《おく》まで、一気に強い炭酸と甘《あま》みが流れこんでくる。

華世子さんが、少し前かがみになった。

「ねぇ、イッペーくん。あなた、かねやま本館に矛盾《むじゅん》を感じたんじゃない？」

「矛盾……？」

聞き返すと、華世子さんがうなずいた。

「あそこは、子どもたちを休ませる場所のはずでしょう？　なのに、知らなくてもよかった友達の本音を聞かされたりして、逆に、ますます疲《つか》れさせているんじゃないか、って」

「お……」

思ったっす！　思わず身を乗りだしてしまった。

なんでわかるわけ!?　俺《おれ》の気持ち、ドンピシャじゃん！

「そうなんすよ！　まさに今日、効能が〈**本音**〉っていうお湯に呼ばれたんすけどね、同じ学校の、めっちゃ仲良い先輩《せんぱい》といっしょになっちゃって、結局そのせいで、逆に気まずくなっちゃうし、なんかおかしくね？　って、イライラしてきたっつうか」

華世子さんは、「まあ、ひどい」と眉根《まゆね》を寄せた。

「逆効果になってるわよね。私、思うんだけど、誰《だれ》かとじっくり向き合う必要なんてあるのかしら？　本音でぶつかり合ったらわかりあえるなんて、そんなのまやかし。人の気持ちにも、自分自身の気持ちにだって、向き合う必要なんかないわ。疲《つか》れるだけよ」

なんだか、メロンソーダを飲んだ瞬間《しゅんかん》と、同じような気持ちだった。華世子さんの言葉のひとつひとつが、俺《おれ》の心の中でパンッと爽快《そうかい》にはじけて、するすると浸透《しんとう》してくる。

「そうよ。生きていく上で大事なことはね、現実から目を背《そむ》けることなの。蓋《ふた》をして、もう見なければいい。ただただ楽しいほうへ、逃《に》げてしまえばいいのよ」

「なるほど、そっか。逃げちゃっていいんすね……」

催眠術《さいみんじゅつ》にでもかかったかのように、頭がぼんやりしてくる。香水《こうすい》なんだろうか、少し濃《こ》すぎるくらいの甘《あま》い香りが、華世子さんの着物から流れてくる。

「そうだわ、イッペーくん」

華世子さんが、ひらめいたように手をぱちんっと合わせた。

「うちのお風呂《ふろ》、すごく素敵《すてき》なのよ。内風呂と、その奥《おく》に、最近新しく作った露天風呂《ろてんぶろ》もあるの。せっかくだから、入っていったら？」

華世子さんはそう言って、奥の扉《とびら》を指さした。

「詳《くわ》しい話は、お風呂から上がってから話しましょう」

絶景ジャグジー

蝶《ちょう》の木彫《きぼ》りが施《ほどこ》された扉《とびら》を開けると、扉の向こうは、細長い廊下《ろうか》になっていた。つきあたりに、透明《とうめい》なガラスの扉がある。

「この奥《おく》にあるのが——〈真実《しんじつ》の湯《ゆ》〉よ」

華世子《かよこ》さんが誇《ほこ》らしそうに説明をする。

「内風呂《うちぶろ》も露天風呂《ろてんぶろ》も、あとは庭にも小川が流れているんだけど、それも含《ふく》め、ここの敷《しき》地内《ちない》にあるお湯は、すべてが繋《つな》がっていて同じ成分でできているの。名前は〈真実の湯〉。世の中のなにが正解か、それをはっきりと教えてくれる、素晴《すば》らしいお湯よ」

「世の中の、正解……?」

世の中、というフレーズで脳裏《のうり》にアチャコの言葉がよみがえった。

〈しょうがないよ、世の中ってそうなんだもん。才能とか能力がある人が評価されるし、

愛される。それが普通《ふつう》だから〉

世の中の正解。なにが真実か――それをはっきりと教えてくれるお湯。

俺《おれ》はごくりと唾《つば》を飲みこみ、正面にあるガラスの扉《とびら》を見つめた。

――入ってみたい、**〈真実の湯〉**。

華世子さんはふふっと小さく微笑《ほほえ》んで、「じゃあイッぺーくん、ごゆっくりどうぞ」と、そのまま広間のほうへと戻《もど》ろうとして、ふと立ち止まった。

「ああ、そうそう、大事なことを言い忘れてたわ。あなたの尊敬するテラジくん、彼《かれ》も最近ここへ来たのよ」

俺は、かたまった。

は……!?

「ちょ……、今、なんて――」

「テラジくんよ、テラジくん。あなたの先輩《せんぱい》でしょう？　彼もここに誘《さそ》ったの。もちろん、**〈真実の湯〉**にも入ったのよ。そうしたら、とても気に入ってくれてね、ぜひここに通いたいって、彼、そう言ったのよ」

頭が追いつかない。口をぱくぱくさせている俺に、華世子さんは続ける。

「テラジくんは、とても疲《つか》れているわ。だから、かねやま本館を求めているのよね。でも、彼《かれ》の有効期限はもうすぐ終わる。終わってしまったら、もう心の行き場がない。だったらここに来ればいいじゃないって、私が誘《さそ》ったの。そしたら彼、すごく喜んでね」

「そう、だったんすね……」

（……いいよなあ、一平は）

（一平といると、俺《おれ》は自分がみじめでつらい……）

テラジ先輩《せんぱい》の本音を思いだして、俺は、「そっか……」と、繰《く》り返《かえ》しつぶやいた。

俺がいるかねやま本館じゃ、先輩はもう安心して休めないだろうし、有効期限がせまっているなら、なおさら、ここを選ぶほうがいい気がする。

「だったら――、俺はもう来れないっす。テラジ先輩、俺がいたら嫌《いや》だろうし……」

うつむいた俺に、「あら、イッペーくんったら」と、華世子さんが笑った。

「そんなの気にしなくて大丈夫《だいじょうぶ》よ。私はね、みんなに同じ環境《かんきょう》を与《あた》えられるの。同じような場所を、同時にいくつも用意できる。つまり、誰《だれ》もが貸し切り。かねやま本館とは違《ちが》って、顔を合わせることはないわ。誰《だれ》もが、ゆったりと休めるの。まるで自分の家のようにね」

「そ……」

「そういうことなのよ、素敵《すてき》でしょう?」

同じ場所に呼ばれているのに、顔を合わせない……?

ぶっちゃけ、なにを言ってるのか、よくわからなかった。

でもまあ、ここは夢の中なわけだし——なんでもアリの世界なのかもな。俺《おれ》は無理やり納得《なっとく》する。

「とにかく」華世子さんは微笑《ほほえ》んだ。

「イッペーくん。あなたもまずは、うちの温泉を楽しんでね」

そう言って手をひらひらさせると、華世子さんは今度こそ広間へ戻《もど》っていった。

「よし、じゃあ入ってみるか……」

いよいよ、俺はガラスの扉《とびら》を開けた。

「うわっ、やっば!　なんだこれ!」

脱衣所《だついじょ》からして、かなり豪華《ごうか》だった。

黒いタイルが敷《し》き詰《つ》められたシックな床《ゆか》。天井《てんじょう》には、蝶《ちょう》と花の図柄《ずがら》が、銀色の絵の具で描《えが》かれていて、左側にある丸い洗面台は、大理石でできている。

内風呂《うちぶろ》もすごかった。

プラネタリウムのような丸い天井《てんじょう》の浴室。壁《かべ》は、全面ステンドグラス。大きな円形の浴《よく》槽《そう》からは、花の雌《め》しべのような、らっきょう形の柱が伸《の》びていて、噴水《ふんすい》のように、しゅるしゅると紅色のお湯が流れでていた。

かねやま本館とは、まったく別物。

これでもかってくらい、とにかく高級感。

「は〜、すっげ……」

何度もそうつぶやきながら、内風呂に浸《つ》かろうとして、「あ」と足を引いた。

「そうだ。露天風呂《ろてんぶろ》もあるって、さっき言ってたよな……」

新しく作った、と言っていたし、先に見とくか——と、露天風呂の入り口を探す。

「あ、あれか」

ステンドグラスの壁の一部に、ドアの形に切り目が入っている。両手で押《お》すと、すぐにギィ……と奥《おく》に開いた。

一歩足を外に出すと、ひんやりした心地《ここち》よい夜風が、さあぁっと吹《ふ》きこんでくる。

「おおおお……！」

外は、広々としたウッドデッキだった。低い柵《さく》しかないので、外の花畑も、遠くに光る黒い海も、もうすべてがすっかり見下ろせる。

圧巻だった。まるで本当に、夢の中にいるみたいだ。

頭上には、ほんのりピンクがかった月。オレンジ色に染まった、ちぎれた綿菓子《わたがし》のような雲が、そのまわりを浮遊《ふゆう》している。甘《あま》い色合いの月明かりは、花畑をよりいっそう幻想《げんそう》的に照らしだし、そのあいだを流れる小川は、金色に光ってさえ見えた。

甘い香りが、風に乗ってここまで漂《ただよ》ってくる。

「やばいやばいやばい、これはすげぇわ！」

柵のすぐ近くに、つるんとした大きな白い浴槽《よくそう》があった。

内側部分に、色とりどりのライトがついている。黄色、青、緑。もともとの紅色のお湯と合わさって、複雑な具合に変色して見えた。まるで虹色《にじいろ》のお湯だ。装置でもついているのか、ぶくぶくと気泡《きほう》まで吹《ふ》きでている。

「これあれだよな、ジャグジーってやつだよな！」

人生初ジャグジー！　俺《おれ》は興奮して、勢いよく飛びこんだ。

「うひょ～～ッ！　最、高……！」

少しぬるめの温度が、俺好《おれごの》みだ。両手を広げて、足を伸《の》ばすと、指のあいだまで、ぶくぶくと大粒《おおつぶ》の気泡《きほう》が入りこんできて、マッサージをされているみたいに、うわ〜〜〜、やべ、気持ちいい〜〜〜！

ああ、このままいつまでもこうしていたい。うっとりしかけて、ハッとした。

そうだ。これ、ただのジャグジーじゃないんだよな。

世の中のなにが正解か、それを教えてくれる——〈**真実の湯**〉。

もしかしたら、かねやま本館のように、黒い湯気が出てくるのかもしれない。

お湯の中で姿勢を正した。なにが起こるのか、泡立《あわだ》つ湯面を見つめてじっと待つ。

「お……」

お湯の中から、かすかに聞こえてきた。わあああ……っと、ざわめきのような複数の声。

「なんか聞こえる……」

だけど、恐怖《きょうふ》は感じなかった。

そのいくつも重なった声が、あきらかに「声援《せいえん》」だったからだ。

誰《だれ》かを熱狂的《ねっきょうてき》に応援する、ファンたちの温かい声援。それが、虹色《にじいろ》のお湯からぶくぶくと、どんどんどんどん大きくふくれながら、次々とあふれでてくる。

「**いいぞー！　一平《いっぺい》！**」

「**最高だぞ〜〜！**」

とにかく大勢の、知らない誰《だれ》かの声。だけどみんな、俺《おれ》を応援《おうえん》している。

いいぞいいぞ、最高だぞ、いけ、いけ、一平！　俺の名を呼んでいる。

お湯の中に、何十人――いや、何百、何千もの小さな小さな人影《ひとかげ》が見えた。あまりにも多くて顔はわからないけど、とにかく大勢の人が、こっちを見上げている。

「ああっ……！」

その中に、知っている顔を見つけて、息をのんだ。

手前にいるのは――コーチの古馬《こば》さんだ。奥《おく》にいるのは、葉《よう》ちゃんで、その隣《となり》にじいちゃんばあちゃん。近所の人たちや、学校の先生たちもクラスメイトもいるし、アイコン画像でしか見たことがない、ＳＮＳのフォロワーたちまでいる。

みんなが、笑いながらこっちを見ていた。そして、今度はさっきのように同時にではなく、順番に、はっきりと声をあげていく。

「**一平〜〜！**」

「**一平すごいぞ！**」「**才能がある！**」

「**一平くんを応援《おうえん》してるよ**」「**するよ～**」

「**強いよなあ！**」「**でっかいしなあ！**」「**超《ちょう》かっこいい～っ**」

「**あなたは最高**」「**一流の選手よ**」「**センスがあるよねえ**」「**スター**」「**才能あるなあ**」「**レベルが違《ちが》うよ**」「**誰《だれ》よりもすごい**」「**頭もいいよね**」

「**一番**」「**一平が一番だよ**」「**そう、一番よね！**」

「**一平が――、誰よりもいちばん強い！**」

そこまで言うと、みんな一瞬黙《いっしゅんだま》った。

そして、いっせいに大きく息を吸って、

「**だ、か、ら**」

声がぴたりとそろった。

「**だから、あなたが好きだよ！**」

そこから、わあああっと、割れるような声援がまた始まる。そのボリュームがマックスに達した瞬間。

パンッと、巨大《きょだい》な気泡《きほう》が割れるような音がして――音がやんだ。

「あ………」

ぶくぶくとした気泡が消え、うそのように湯面が静まりかえる。耳にはまだ、残像のように、大勢の声が残っていた。

強いから。かっこいいから。キックボクシングのセンスがあって、スターで、才能があるから。**だから、だから応援《おうえん》してもらえる。**好きになってもらえる。

「そうなんだよな……」

わかってる。これが、真実だ。

だから、俺《おれ》は必死で――死ぬ気で練習をがんばっているんだ。幸せになる。そのためには、勝ちつづけるしか道はない。

(テラジくんも、ここに通いたいって言ってたわよ)

「………」

そっか、そうだ。テラジ先輩《せんぱい》も、このお湯に入ったんだよな。

ってことは先輩も俺と同じように、世の中の正解を知ったってこと――?

長湯しすぎたかもしれない。俺はぼんやりと風呂《ふろ》から上がり、脱衣所《だついじょ》に用意してあった、高級そうな黒いバスローブを手に取った。

なめらかな布地に袖《そで》を通しながら、アチャコが言っていた言葉をまた思いだす。

（しょうがないよ、世の中ってそうなんだもん。才能がある人が評価されるし、愛される。それが普通《ふつう》だから）

あれが、やっぱり真実なのか？

幻《まぼろし》

広間に戻《もど》ると、ガラスケースが並んだ棚《たな》の前に、華世子《かよこ》さんが立っていた。

「イッペーくん。おかえりなさい。どう？　いいお湯だったでしょう？」

「いい湯……、まあたしかに、豪華《ごうか》だしすごかったっすけど……」

うつむく俺《おれ》に、華世子さんが優《やさ》しく声をかけてくる。

「真実を知ってショックだった？」

俺は顔を上げた。華世子さんの艶《あで》やかな瞳《ひとみ》にとらえられる。

「才能がある人しか、愛されない。それを知って、ショックだったでしょう？」

そのとおりすぎて、ごくっと唾《つば》を飲んだ。華世子さんは眉根《まゆね》を寄せながら、俺の肩《かた》に手を置く。

「ショックよね。でも、しかたがないことなのよ。世の中には、明確に勝ち負けが存在する。なにかで成功を収めないと、愛されない。達成できた人間だけが幸せになれるの。不公平だって思うかもしれないけど、それが真実」

「成功しないと、愛されない……」

繰《く》り返《かえ》す俺《おれ》に、「そうよ」と、華世子さんは断言して目を細めた。

「だからみんな必死になるんでしょう？　人よりも賢《かしこ》く、人よりも美しく、人よりも強く。そうやって、必死で誰《だれ》かに勝とうとする。すべては愛されるため、幸せになるため。人の百倍、千倍も幸せになるためには、結局、人の百倍、千倍、上にいかなくちゃいけないの」

もうわかったでしょう？　と、華世子さんが俺の耳元でささやく。

「あなたが今、どうしてたくさんの人に応援《おうえん》されているのか」

絶句した。

さっきの真実《しんじつ》の湯《ゆ》で聞いた声援《せいえん》が、脳内に鮮《あざ》やかによみがえる。

（一平《いっぺい》くんを応援してるよ）（あなたは最高）（一流の選手よ）

信じられないくらいたくさんの人がそう言ってくれた。

だけど――、みんなが最後に、声をそろえて言ったのはなんだったか。

（だから、あなたが好きだよ！）

そうだ、結局そうなんだ。

勝たないと、がんばりつづけないと、人より成功しないと、俺《おれ》は愛されない。負けないために、ずっとずっと、永久に走りつづけなくちゃいけない。

それってつまり――――。

口の中が渇《かわ》いて、背中に冷たい汗《あせ》が流れる。

つまりそれは、絶対に失敗できない。

永遠に――休めないってことだ。

青ざめる俺の顔を、華世子さんがのぞきこんでくる。

「疲《つか》れるわよね？」

甘《あま》い息が、ふうっと俺の耳にかかった。俺の心のどこかにあった隙間《すきま》に、言葉がゆらゆらと入りこんでいく。

大会で優勝して、人に注目されるようになって、俺は「終わりがない」ことを知った。

勝てば、当然応援《おうえん》してくれる人が増える。でもその分、プレッシャーも、どんどんふくらんでいく。負けられない。負けたら、みんなを――すべてを失ってしまう。

「ねぇ、イッペーくん」

華世子さんが優《やさ》しくささやく。

「もういっそのこと、がんばるのはやめたら?」

「え……?」

「ここに来れば、いつでも幸せな気持ちでいられるわよ。ここには勝ち負けなんて存在しないから、あなたはもうがんばらなくていいの。私がずっとあなたのそばにいる。それに、私はね………」

華世子さんは、もったいぶるように少し間を置いてから、俺《おれ》をじっと見すえた。

「あなたが愛されたい人に――姿を変えることもできるのよ」

「ええっ……」

姿を変える――?

突拍子《とっぴょうし》もない話に、俺はさすがに眉根《まゆね》を寄せた。

「いやいや、いくらなんでもそんな――」

俺が言い終わらないうちに、華世子さんの姿が、パッと湯気のような白い靄《もや》で包まれた。そして、次の瞬間《しゅんかん》にはもう――――。

「！」

華世子さんの姿が、変わっていた。

俺《おれ》は息をのんだ。ドクンっと心臓が大きな音を立てる。

「………！」

目の前にいるのはまぎれもなく、俺を置いて出ていった、俺の母親だった。

うそだろ。考えないようにしようと、感情の奥《おく》に押《お》しこんでいた人に、華世子さんが変わってしまうなんて――。

「か、か……」

母ちゃん、という言葉が喉《のど》の奥で詰《つ》まった。

もう二度と、「母ちゃん」なんて、呼びたくないと憎《にく》んでいた人。俺よりも彼氏《かれし》を選んで消えた人。しかも、今、目の前にいるこの人は、あんなことをしたくせに、憎らしいほど穏《おだ》やかに微笑《ほほえ》んでいる。

着物を着て、きちんと化粧《けしょう》をしているのもしゃくだった。なに、赤い口紅なんか塗《ぬ》ってんだよ。そうかそうか、あんたは彼氏と仲良く暮らして、今そんなに幸せなのか。

猛烈《もうれつ》な怒《いか》りが、胸の底から、沸騰《ふっとう》するようにせり上がってくる。

――ここでなにしてんだよ！

「一平」

母が、母の声で、優《やさ》しく俺《おれ》の名を呼んで、そっと手を差《さ》し伸《の》べてきた。

「やめろ、来んなって……！」

思わず手を振《ふ》りはらってしまった。だけど、母はかまわずに俺を抱《だ》きしめる。

「ごめんね、一平。お母さんがまちがってた。許してちょうだい、本当にごめんなさい」

ぎゅうっと抱きしめられたとたん、母の香水《こうすい》の匂《にお》いがした。くっせぇなぁ、つけすぎなんだよ、と苦手だったはずの匂いなのに、胸《むね》の奥《おく》がどうしようもなく熱くなる。

母がいなくなってから、何度思っただろう。まずは俺に謝《あやま》ってくれよ、自分がまちがってたと、傷つけてごめんと、心から謝ってくれよと。

「一平、一平」

俺のほうが力はずっと強い。振りはらうことなんか簡単なのに、どうしてだ、それができない。

母が、俺を強く抱きしめた。そして、俺の耳元で優しくささやく。

「一平のことが、世界でいちばん大事。お母さんは、一平を、誰《だれ》よりも深く愛しているよ……」

それは——、ああ、その言葉は。

俺《おれ》が、小さい頃《ころ》からずっと、ずっとずっとずっと、「母に言われたい」と願っていた言葉だった。俺のことよりも自分のこと、俺のことよりも彼氏《かれし》のこと、そうやっていつも、俺を優先順位のいちばん後ろに追いやる母に、ずっとずっと、こんなふうに言われたかった。おまえがいちばんだよ、誰《だれ》よりも愛しているよ。そう言って、強く抱《だ》きしめてもらいたかった。叶《かな》わない夢だと、もう諦《あきら》めていたけれど————。

母の背中に、震《ふる》えながら手を伸《の》ばそうとした瞬間《しゅんかん》。

「え……」

母が、白い靄《もや》に包まれた。ギョッとしてあとずさりすると、目の前にいるのは、もう母の姿ではなかった。今度は、小学校の頃大好きで、こんな人が父親だったらよかったのになぁと思っていた、担任の先生に変わっている。

「おお、一平、久しぶりだな」

そう呼びかける声も、ああ、懐《なつ》かしいあの先生の声。

「おまえ、でっかくなったなぁ」

そう笑う先生は、濃紺《のうこん》の袴《はかま》を着ていた。華世子さんや母が着ていたものと違《ちが》い、デザインは男性モノだ。だけど、よく見ると黒い蝶《ちょう》の絵柄《えがら》が、袖《そで》にうっすら描《えが》かれている。

「え!? は!? なんで——」

どうなってんだ……!? 俺《おれ》が口をぱくぱくさせているあいだに、先生の姿は、今度はクラスメイトに、次は茨城にいた頃《ころ》の仲間、その次は最近好きなアイドル……と、次々と変わり、最終的に、元の華世子さんに戻《もど》った。

「ね? わかったでしょう?」

あぜんとしている俺に、華世子さんが得意げに笑《え》みを浮《う》かべる。

「私は自由に姿を変えられる。あなたのお母さんにもなれるし、憧《あこが》れのアイドルにも、学校の友達にも、誰《だれ》にだって変われるの」

あまりにも驚《おどろ》きすぎて、声が出ない。

だって、どの姿も、あまりにもリアルだった。年齢《ねんれい》や性別が華世子さんとはまるっきり違う人だとしても、声も表情も、本人とそっくり同じに見えた。

華世子さんは甘《あま》い声で続ける。

「あなたはもう、愛されるためにがんばる必要はないの。だってここに来れば、愛されたい人に、私が変わってあげられるんだから。負けたらどうしようなんて、もう怖《こわ》がらなくていいのよ。学校やジムへも行く必要もない。姿だけじゃないわ、空間だって、あなたが望むように変えられる。ふかふかのソファー、大画面のテレビ、豪華《ごうか》なキッチン。あなたが欲《ほ》しいものはすべて、私が用意してあげるから」

つまりね、と、華世子さんはまとめた。

「ここにいれば、すべてが満たされるの」

「で、でも……」

やっとのことで、声が出た。俺《おれ》は、混乱しながらも反論する。

「それって――結局すべてはうそ、っすよね？　華世子さんの力で幻《まぼろし》を見せてもらってるだけで、さっきの母もそうだけど、現実とは全然違《ちが》うし……」

うっかり心を持っていかれた自分が、冷静になってみると恥《は》ずかしい。あんなの、うちの母親が言うわけねぇのに。

俺の言いたいことなどお見通し、というように、華世子さんは余裕《よゆう》の笑《え》みを浮《う》かべた。

「そうよ。でも幻でいいじゃない。幻の中で愛されれば、それで」

「え……？」

「勝ち負けでなんでも決まるような世の中、簡単に人を切り捨てるような世の中、ずっとがんばりつづけなきゃいけないような世の中。そんなものよりも、愛にあふれた幻《まぼろし》のほうがずっといいでしょう？　現実はつらすぎるもの」

「で、でも、それって逃《に》げてるだけっすよね。元の世界に戻《もど》ったら、逆に虚《むな》しくなるっつうか……」

かねやま本館から帰ってきたときと同じだ。結局、湯冷めしたら意味がない。

俺《おれ》の意見に、華世子さんはあっさりと答える。

「虚しさを感じたら、またすぐにここへ戻ってくればいいじゃない。言ったでしょう？　ここは、期限も規則もない夢の中なの。好きなだけいていい。つまりね、ずーっと休みつづけていいの。いくらでもね」

「あ……、そっか」

華世子さんの甘《あま》い声が、メロンソーダのように、俺の心に浸透《しんとう》してくる。反論する気持ちが、パチパチとはじけて消えていく。

「はい、どうぞ」

華世子さんは肩《かた》からかけていたポシェットからなにかを取りだして、こっちに差しだした。

「……なんすかこれ、鍵《かぎ》？」

俺《おれ》の手のひらに載《の》せられたのは、透明《とうめい》に輝《かがや》く、宝石のようなガラスの鍵だった。シャンデリアの光が反射して、先端《せんたん》の一部がまばゆく光る。

「この鍵よ。これを握《にぎ》って、目をつむりさえすれば、もう夢の中。一瞬《いっしゅん》でここに来られるわ」

「すげ……」

まぶしいくらい美しい鍵を手にしながら、俺は、ハッとして確認《かくにん》する。

「え、これ、もらっちゃっていいんすか？」

「もちろん」

ただね、と、華世子さんは付け足した。

「この鍵を使うために、ひとつだけやってもらわなくちゃいけないことがあるの」

正しい選《せん》択《たく》

「かねやま本館の入館証を燃やして、灰にするの」

はい？

ぼんやりしていた頭が、一気に冴《さ》えた。

「にゅ、入館証を、燃やす？　なんすかそれ。なんでそんなこと――」

「残念だけど、それしか方法がないの。あの入館証の持つ力をもらうことでしか、このガラスの鍵《かぎ》は使えない」

「え～～～！　でも、おかしくね？　だって俺《おれ》、鍵を持ってなくても、今日、こうしてここに来られたわけじゃん？」

「まあね。でもこれは今だけ。一時的な幻《まぼろし》のようなもの。本物の新館に来てもらうためには、どうしても、本館の入館証を燃やして灰にしなくちゃいけないの。あとはただ、ガラスの鍵《かぎ》を握《にぎ》って目をつむればいいだけ。そうすれば、一瞬《いっしゅん》でここに来られる」

「え〜〜〜……」

なんだよそれ、とがっくりと肩《かた》を落とした俺《おれ》に、華世子《かよこ》さんは笑いながら続ける。

「まあでも、どうせあの入館証には有効期限があるんだし、切れる前に燃やせばいいってだけの話じゃない。別に難しいことでもなんでもないわ。自然に消えるか、自分で燃やすか、たったそれだけの違《ちが》いよ」

そう言われると、たしかにそうなんだけど。

「でもなあ、燃やすって行為《こうい》が、ちょっとなあ。さすがに、かねやま本館に申し訳ない気がするっつうか……」

「でも、よく考えてみてよイッペーくん。期限が切れたら、どうせもうかねやま本館の人たちとは会えなくなるんだし、だったらそこに変な気遣《きづか》いはいらないんじゃないかしら？」

「う〜ん。まあそっか。あ、でも、ちょい待って！　それって規則を破ることになっちゃうんじゃないすか？　俺、やっぱ無理だわ。あそこでの記憶《きおく》はなくしたくないし」

俺がそう言うと、華世子さんが笑った。

「やあねぇ、イッペーくん。どうして規則を破ることになるのよ。『入館証を燃やしてはいけない』なんて規則があるわけじゃないでしょう？　規則さえ破らなければ、記憶《きおく》をなくすことはないわ。ここを選んだって、かねやま本館の記憶がなくなるわけじゃないし。それにね、入館証を燃やしたことも、小夜子《さよこ》たちにはバレないようになっているの。ただ、ああ、なんだか急に来なくなったわねって、不思議に感じるだけ」

「あ、そうなんだ！　じゃあ、そこは問題ないか」

心配要素を、ちゃんとつぶしてくれるので、めちゃくちゃ説得力がある。そのうえ、

「もちろん無理にとは言わないわ。すべてはイッペーくんの自由よ」

ゴリ押《お》ししてくるわけでもないところも、安心感があっていい。ああ、ここでこの人と、ただただのんびり過ごす。それがいちばん幸せなのかもなぁ。そう思いかけて、

「いやいや、でも……」

入館証を燃やすって行為自体《こういじたい》が、やっぱりどうしても乱暴すぎる気がする。うう～ん、と悩《なや》ましく頭を抱《かか》える俺《おれ》に、華世子さんがダメ押しのひと言を放った。

「テラジくんは、まもなく燃やすはずよ」

「え……？」

テラジ先輩《せんぱい》の名前が出て、キュッと緊張《きんちょう》した。

「なんでそんなことわかるんですか？」

「ふふ、そうよね不思議よね。でもわかるのよ。これを見れば……」

「これ？」

「そう、これ」

華世子さんは自信たっぷりの表情で、目の前に並ぶガラスケースのひとつを指さした。

「えーっと、はい……？」

なんでこれを見れば、テラジ先輩のことがわかるんだ？

おもいっきり首をかしげた俺《おれ》の前で、華世子さんは慣れた手つきでポシェットから鍵《かぎ》を取りだした。蓋《ふた》についた小さな鍵穴《かぎあな》にそれを挿《さ》しこみ、かちゃりと開ける。

「おおっ……」

ケース内には、まるでスノードームのように雪が降っていた。ミニチュアの木造一軒家《もくぞういっけんや》は、もうすっかり白く覆《おお》われている。

「すげ……！」

しかも、本物の雪のように、冷気までこっちに伝わってくる。蓋を開けているのに、空中から雪が次々と生まれ、ケース内に重なって積もっていくなんて、おいおい、いったいどんな仕組みになってんだ？

「これはね、本物の雪なの」

「ほ、本物!?」

「ええ、そうよ。ぜひ触《さわ》ってみて」

俺《おれ》は、吸い寄せられるように、ケースの中に手を伸《の》ばした。屋根の上の雪を、指先でつまむ。うわ、マジで冷たい。それにこの感触《かんしょく》。たしかに、これは本物の雪だ。

「素敵《すてき》でしょう？」

微笑《ほほえ》みながら、華世子さんもケースの中に手を伸ばした。雪が積もった屋根を、細い指先で、すっとなでる。

ファサッと音がして、雪の塊《かたまり》が屋根から落ちた。そこから、わずかに屋根が見える。青い屋根だ。

華世子さんは、ふふふっと微笑みながら、指先でどんどん雪を落としていく。

水色のカーテンがついた、二階の窓。茶色い壁《かべ》。

ひとつひとつを順番に眺《なが》めていくうちに、ドキン。心臓が鳴った。

なんか、これ……。見覚えが。

ブロック塀《べい》に囲まれた、庭付きの戸建て。

「あ、ああっ……！」

ミニチュアの家は、俺《おれ》の見慣れた――あの、寺嶋家《てらじまけ》だった。

「ど、どういうことっすか。なんで寺嶋家が……」

あわてる俺に、華世子さんは「落ちついて」と笑いながら説明する。

「テラジくんが、ここに――かねやま新館に来たいと思えば思うほど、ここにあるミニチュアの家のデザインが、テラジくんの家と同じように変わっていく仕組みなの。もうすでに一階のリビングも、二階のこの部屋も――、ああ、お庭もそうね、すっかり変化したわ」

「それってつまり……」

「テラジくんの心が、それだけ新館に向いているってことよ」

華世子さんの言葉に、俺はごくりと唾《つば》を飲みこみながら、ミニチュアの家を見つめた。

家の中まではよく見えないから、正直どこまで変化しているのかはわからない。でも、少なくとも今、俺に見えている範囲《はんい》はすべて――よく知る寺嶋家そのものだ。

「テラジくんは賢《かしこ》いわ。彼《かれ》は、正しい選択《せんたく》をしようとしている」

だからね、と華世子さんが俺《おれ》の肩《かた》に手を置いた。

「イッペーくん。あなたも同じように——ここを選べばいいのよ」

ね？　と真っ赤な唇《くちびる》で微笑《ほほえ》まれた瞬間《しゅんかん》。

するどい風が吹《ふ》いた。

「うわっ……！」

冷たい、凍《こご》えるような風が、竜巻《たつまき》のように俺を巻きあげていく。

もう立っていられない。雪が、ガラスケースからわっと飛びだして、俺の視界に散っていく。吹雪《ふぶき》だ。寺嶋家の青い屋根が、カーテンが、窓が、すべてのものが吹雪の中で輪郭《りんかく》を失って、白い雪に飲みこまれていく。

「わああああああああああ！」

ど、どうなって——……！


ぱちん。

炭酸の泡《あわ》がはじけるように、視界がぜんぶ、真っ暗になった。

気がつくと、俺《おれ》は校舎内の廊下《ろうか》。トイレのすぐ近くで、壁《かべ》に背をもたれてしゃがみこんでいた。どうやら寝《ね》てしまっていたようだ。

たった今見てきた——いや、体験してきたものが、とても夢とは思えずに混乱した。あんなにリアルで、鮮《あざ》やかな夢なんて見たことがない。

「なんだったんだ……」

頭をかきむしりながら、とりあえず、すぐに立ち上がる。

五分といえど、こんな寒い日に廊下で寝てしまうなんて危険だ。葉《よう》ちゃんにもらった、山登り用のダウンジャケットを着ていてよかった。あぶね、とつぶやきながら昇降口《しょうこうぐち》で靴《くつ》に履《は》き替《か》えようとしたら、カツンッと、なにかが足元に落ちた。

「えっ……」

それは、ガラスの鍵《かぎ》だった。

「うそだろ……」

足元で、氷の結晶《けっしょう》のように輝《かがや》くそれを手にしたとたん、今さっきまでいた夢の世界が、電流が走ったように、ますます鮮明《せんめい》によみがえった。

「マジかよ。やっぱり、ただの夢じゃなかったんだ……」

俺《おれ》の手の中で、ガラスの鍵《かぎ》は、はっきりと存在していた。まるで本物の氷のように冷たい。

——イッペーくん。

頭上から、華世子さんの甘《あま》い声がした。

ハッとして視線を上に向けると、ああ! あのガラスの蝶《ちょう》が飛んでいる。

——テラジくんは、まもなく私を選ぶわ。

「先輩《せんぱい》が……」

蝶は、うれしそうに羽を輝かせながら、何度も何度も俺を誘《さそ》う。

——さあ、あなたも早く、早くおいで。

甘い声で繰《く》り返《かえ》したあと、蝶は、灰色の雪空へと消えていった。

勝者と敗者

混乱する。

でもとりあえず、気持ちを落ちつけるために、いつもどおりジムに向かうことにした。

一度家に帰ってから、葉《よう》ちゃんに車を出してもらう。ガラスの鍵《かぎ》は、持ってるのもなんか妙《みょう》な気がして、とりあえず学校用のリュックに入れて家に置いてある。

「おお一平《いっぺい》、よかった。ちょっといいか?」

ジムに入るなりすぐに、古馬《こば》さんに声をかけられた。めずらしく深刻な顔をしている。

「どうしたんすか」

「茂樹《しげき》のことなんだけど――」

古馬さんの話によると、テラジ先輩《せんぱい》から、数時間前に「もうやめたい」という電話があったという。

「えっ……」

心臓が止まりそうになった。

「じ、ジムをやめるって。え、テラジ先輩《せんぱい》が、っすか？」

おう……。古馬さんが頭をかきながら苦い顔をする。

「そんな……」

あんなに格闘技《かくとうぎ》が大好きな、ジムが大好きなテラジ先輩が、そんなことを言いだすなんて、絶対おかしい。

「いやいや、そんなのなにかの冗談《じょうだん》――」

俺《おれ》は言いかけて、ハッとした。

（もういっそのこと、がんばるのはやめたら？）

華世子《かよこ》さんの言葉が、ズシッと重みを持って、頭の中で再生される。

「あ……」

そうだ、先輩は、新館を選ぼうとしている。

だから、もうがんばるのはやめるってこと――？

黒い湯気に出てきた、先輩の本音が脳裏《のうり》によみがえる。

（一平といると、俺《おれ》は自分がみじめでつらい……）

胸が詰《つ》まって苦しい。

先輩《せんぱい》は、もう現実が、すっかり嫌《いや》になってしまったんだろうか。

テレビ取材の日。爽《さわ》やかな笑顔《えがお》で、「俺の話」をしてくれていた先輩を思いだし、俺は唇《くちびる》をかんだ。

よく考えたら、あたりまえの感情だよな。

先輩は、俺よりも何年も前からジムに通っていて、何倍も何十倍も練習してきた。なのに、自分ではなく、たった半年しかやってない後輩《こうはい》が試合に出られて、しかも優勝。テレビ取材まで受けて、まわりにチヤホヤされて、じゃあ今までの自分の努力はなんだったんだと、虚《むな》しく感じるのは当然だ。

（勝ち負けでなんでも決まるような世の中、簡単に人を切り捨てるような世の中、ずっとがんばりつづけなきゃいけないような世の中。そんなものよりも、愛にあふれた幻《まぼろし》のほうがずっといいでしょう？　現実はつらすぎるもの）

華世子さんは、俺に言ったのと同じことを、テラジ先輩にも言ったのかもしれない。

ジムをやめれば、格闘技《かくとうぎ》をやめれば、リングから下りれば、もうコンプレックスに悩《なや》んだり、みじめな思いをしなくていい。

がんばらなければ、傷つかなくて済む。

戦わなければ、勝ち負けなんて存在しない。

ああ、だから。だから先輩《せんぱい》は――――。

「おい、一平」

古馬さんが、俺《おれ》の顔をのぞきこんだ。

「あいつになにかあったのか、おまえ、なにか知ってるのか？」

知ってます。テラジ先輩は、新館を選ぼうとしているんです。

だけどもちろん、そんなこと古馬さんには言えない。信じるわけがない。

「いや、わかんないっす……」

そっか、そうだよな、と古馬さんは肩《かた》を落とした。

「わかんないならいいんだ。聞いてみただけだから」

小さく息を吐《は》いたあと、古馬さんは気持ちを切りかえるように、パンッと手をたたいた。

「よし、一平。じゃあ今日も始めるぞ。準備しろ」

「うす……」

ロッカーに向かい、荷物を下ろしかけたところで、ふと、壁《かべ》に貼《は》ってあるポスターが目に入った。

古馬さんが「おいみんな、これを目標にしろよ」と先月貼ったばかりの、詠尊《エイソン》選手の写真入りポスター。

金色の優勝ベルトを腰《こし》に巻き、ガッツポーズをキメている、自信に満ちた眼差《まなざ》し。

俺《おれ》は、荷物をどさりと床《ゆか》に落とし、ポスターの詠尊選手と見つめ合う。

「………」

すべての試合で勝ちつづけた詠尊選手。

今や、信じられないほどでかい家に住み、高級車を何台も持っていると、テレビでうれしそうに話しているのを聞いた。人生は逆転できる。ただの不良って言われていた俺でも、こんなふうに幸せになれるんですよ～！　そう話す詠尊選手は、ずっと俺の目標だった。こうなりたい。ああ、俺も絶対こうなりたい。そう思っていた。

「なぁ、おまえさぁ、先週のＧＩＮＪＩ《ギンジ》の試合見た?」

話しかけられたのかと思い、ハッとして横を向いたけど、どうやら、俺に声をかけたわけじゃなかったようだ。ジムの大学生ふたりが、ストレッチをしながら会話をしている。

「見た見た。いやぁ～～、ＧＩＮＪＩはもうだめだな。あんな格下の選手に、一瞬《いっしゅん》でやられるなんて。もう見てられなかったわ」

「だよな～～。俺《おれ》もがっかりしたわ。詠尊と戦ってた頃《ころ》がＭＡＸ《マックス》だったよな。あれから数年でここまで差がついちゃうかね」

――ＧＩＮＪＩはもう、オ、ワ、リだろうな。

――このまま、格闘技界《かくとうぎかい》から消えちゃ、う、ん、じゃね？

なにげないその会話が。言葉が。

俺の心を、静かに締《し》め上《あ》げていく。

オ、ワ、リ？　消え、ちゃ、う？

人間なのに、今この瞬間《しゅんかん》もＧＩＮＪＩ選手は生きてるのに、負けたら、そんなふうに言われちゃうわけ？

「は……」

苦しくなって視線を戻《もど》すと、ポスターの詠尊選手と目が合う。

――さあ一平。おまえは、どっちになりたいんだ？

そう聞かれている気がして、俺《おれ》はぎゅっっと目をつむった。

そんなの――決まっててんじゃねぇかよ！

（ショックよね）

華世子さんの言葉が、俺の叫《さけ》びに答えるように思いだされる。

（でも、しかたがないことなのよ。世の中には、明確に勝ち負けが存在する。なにかで成功を収めないと、愛されない。達成できた人間だけが幸せになれるの。不公平だって思うかもしれないけど、それが真実）

そうだ。これが現実。これこそが――真実。

だとしたら、ああ、だとしたら。そんな世の中って。

「きついって……」

俺はうなだれた。やるせない気持ちでいっぱいになる。

ＧＩＮＪＩ選手だって、若くして地位や名声を得た、めちゃくちゃ強い選手だ。なのに、勝てなくなったら、もう、負け組。人の評価は、すぐにひっくり返る。

結局、幸せになるためには、一生、勝ちつづけなくちゃいけないんだ。

（疲《つか》れるわよね？）

華世子さんの声が、何度もよみがえる。

ああ、疲《つか》れる。

がんばってもがんばっても、自分より強いやつが現れたらオワリ。そんなの苦しい。虚《むな》しい。

（もういっそのこと、がんばるのはやめたら？）

（あなたはもう、愛されるためにがんばる必要はないの。だってここに来れば、愛されたい人に、私が変わってあげられるんだから。負けたらどうしようなんて、もう怖《こわ》がらなくていいのよ）

「一平」と俺《おれ》を抱《だ》きしめてくれた、母の温《ぬく》もり。

「一平、でかくなったな」と眼差《まなざ》しを向けてくれた、かつての担任。

あれは幻《まぼろし》。ただの夢。だけど、だけどそれでも。

――マシだ。

こんな苦しい現実よりは、そっちのほうがよっぽど。

俺は、〈寺嶋《てらじま》〉とネームプレートがついた隣《となり》のロッカーを見つめてうつむいた。

テラジ先輩《せんぱい》が新館を選ぼうとしているのは――正しい決断かもしれない。

あの夢のように美しい世界で、先輩《せんぱい》がメロンソーダを飲んでいるところを想像した。

口の中ではじける爽快《そうかい》な炭酸。冷たくて、骨まで染《し》みるほど甘《あま》い。虹色《にじいろ》のジャグジーで、両手をおもいっきり伸《の》ばす先輩。

どう想像しても、その表情は笑顔《えがお》でしかない。

「はあ……」

先輩が幸せなら、それがいちばんだ。

真実？

翌日、テラジ先輩《せんぱい》は学校に来なかった。

先輩のクラス担任の先生に聞いたところ、本人から、風邪《かぜ》をひいたから休むと連絡《れんらく》があったらしい。

「たぶん、熱があるんでしょうね。ちょっと眠《ねむ》そうな声ではあったけど、しっかり受け答えもできていたし、そんなに心配しなくて大丈夫《だいじょうぶ》よ。明日には行きますって言ってたから」

「そうすか……」

しっかり受け答えできていた、と聞いてホッとした。でも、「眠そうな声」に、少しだけドキッとする。

先輩、もしかしてやっぱり、入館証を燃やしたのか？　それで、夢の中で新館に行ってたり――。

「それでほんとにいいのかよ………」

教室の窓から見える校庭は、巨大《きょだい》な白い布団《ふとん》のようだ。重たい雪に覆《おお》いかぶさられ、地面は深く深く下に隠《かく》れてしまった。

昨日は、先輩《せんぱい》が新館を選んで幸せなら、それがいちばんだと思った。

だけど一晩たって、俺《おれ》は虚《むな》しい。

だって、そうだろ？　どんなに幸せを感じても――それは、夢の中だけ。ぜんぶ、幻《まぼろし》。

（そうよ。でも幻でいいじゃない）

華世子《かよこ》さんはそう言ってたけど、でもそんなの、本当の幸せって言えんのか？

「ああもう、わかんねぇ……！」

夢じゃなく現実だけど、期限や時間制限、規則がある「かねやま本館」。

なんの制限もなくいくらでも行けるけど、すべては幻の「かねやま新館」。

どっちも魅力的《みりょくてき》だし、どっちにも欠けている部分がある。

だから、混乱する。迷う。

頭を抱《かか》えながら、ついに俺は、八つ当たりともいえる結論に達した。

つうか、そもそも、あれじゃね？

かねやま本館に、制限がなければよかったんじゃないの？

「疲《つか》れた子どものための湯治場」——とか言いつつ、ほんのひとときしかいっしょにいてくれないのが問題なんじゃないっすか。

昨日、銀山《かねやま》先生と言い合いをしたことを思いだす。

そうだよ、昨日だって途中《とちゅう》だったし。もっとちゃんと話さないと、納得《なっとく》できないって！

そして放課後。俺《おれ》は荒々《あらあら》しい鼻息を放って、第二保健室へと向かった。

もういっそのこと、銀山先生や小夜子《さよこ》さんたちに、新館の話をしてしまおうか、そんな気持ちも一瞬《いっしゅん》よぎる。

でも、いやいや、落ちつけ俺。入館証を燃やそうと思ってます、なんて、さすがにちょっと気まずすぎるだろ。テラジ先輩《せんぱい》のことまでからんでくるし、そこは勝手に言わないほうがいい。

「よし……」

とりあえず、新館のことは隠《かく》して、自分の気持ちをぜんぶ、銀山先生にぶつけてみよう。まずはそこからだ。

バンッと勢いよく、第二保健室の扉《とびら》を開ける。

「先生！」

「ああ、よく来たね。待ってたよ」

昨日の言い合いなんかなかったかのように、銀山先生は、あっさりと俺《おれ》を受け入れた。

あまりにも先生がいつもどおりすぎて、ちょっと気が抜《ぬ》けそうになったけど、気合を入れ直し、俺はまっすぐ先生を見つめる。

「話がある！」

「なんだい、言ってごらん」

細い目が、しっかりと俺をとらえる。先生の迫力《はくりょく》にひるまないよう、俺はごくりと唾《つば》を飲みこんでから、一気に伝えた。

「俺は――いや、テラジ先輩《せんぱい》もそうだ。俺たちは、つらい思いをした分、これからはただただ幸せになりたいんだよ。そのためには、成功するしか、勝ち組になるしか道はねぇだろ？」

ほう……、とつぶやきながら、「それで？」と、銀山先生は腕《うで》を組んだ。俺の話に、じっくりと耳をかたむけようとしているようだ。丸い肩《かた》が、少し前かがみになっている。

勢いづいて、俺《おれ》は続けた。

「だけど、だけどさ、世の中って厳しいじゃん。失敗したら、オワリ。だから、俺たちはがんばりつづけるしかない。それって、めちゃくちゃきついよな？　ずっと綱渡《つなわた》りしてるみたいな、そんな感じだよ」

話しながら、手がかすかに震《ふる》え始《はじ》めた。俺を追いつめている「世の中」ってやつにぶつけたいことを、代わりに銀山先生に吐《は》きだしている気分だ。でも止められない。

「先生はさ、喉《のど》が渇《かわ》いたら、また水を飲みにおいでって言ったけど、期限があるじゃん。もうここには来られなくなるじゃん。だったらどうすりゃいいの？　これから先、俺らはどこで水を飲めばいいの？　一時的な休息なんかじゃ、幸せになんかなれねぇから。俺たちは、結局休めねぇんだよ、これからもずっとずっと」

だから、新館に心が惹《ひ》かれちゃうんだよ——という言葉は、言わずにのみこんだ。

「わかんねぇよ。俺、もうやだよ、こんな世界……！」

つい感情的になって奥歯《おくば》をかみしめた。

銀山先生はヤレヤレ、と首をすくめ、静かな声で、ゆっくりと俺に問いかける。

「失敗したり負けたら、もうそれで終わりなのかい？」

「だって、実際そうじゃねぇかよ！　才能があるやつが有名になって、有名になれば金持ちになれて、いい家に住めて、みんなに尊敬される。結局、勝つか負けるか、人間はその二種類なんだよ！」

俺《おれ》の言葉をさえぎるように、フンッ、ばかばかしい、と銀山先生が鼻息を吐《は》いた。

「それはあんたが思う幸せだろ。あんたが思う価値観だろ」

「ちげぇよ！　世の中って、そういうもんじゃねぇか！　これが真実なんだよ！」

叫《さけ》ぶような俺の怒鳴《どな》り声《ごえ》が、保健室じゅうに響《ひび》き渡《わた》る。次いで、しばしの沈黙《ちんもく》が訪《おとず》れた。声の余韻《よいん》が残るなか、ふう、と、銀山先生が小さく息を吐く。

「あんたねぇ……」

声音《こわね》が、さっきよりもやわらかい。

「世の中って、真実って、そりゃいったいなんなんだい。人間はね、ひとりひとりまったく違《ちが》うんだよ。つまりね、なにが幸せかを決められるのは、自分だけ。人に決められるもんじゃない」

は……、と、俺は白けたように息を吐いた。

「やめてくれよ。そんな道徳の授業みたいなこと言うの。ひとりひとり違うから、だから困るんだよ。不公平すぎるだろ……」

自分をめいっぱい愛してくれる両親の元に生まれる人がたくさんいるのに、俺《おれ》はそうじゃなかった。テラジ先輩《せんぱい》も、母親に置いていかれた。それに、背が伸《の》びないし体重も増えない。カズ兄《にい》は、大学に行きたかったけど、たよりない親父《おやじ》のせいで行けなかった。

「結局、それが現実なんだよ！」

どんなに声を荒《あら》らげようと、銀山先生は動じない。腕《うで》を組んだまま、興奮して肩《かた》で息をしている俺を、ただじっと見つめて、静かにうなずいた。

「そうだね。あんたの言うとおり、不公平なのは事実だ」

「ほ……、ほら、やっぱりそうじゃねぇか！」

だけどね――。銀山先生の目の奥《おく》が、ぎらりとするどく光る。

「人と自分を比べて、自分に足りないものばっかり探していたら、ちっとも先には進めないよ。あんたは過去を気にして、未来を恐《おそ》れすぎているんだよ。いいかい？　もっと、『今』を、しっかり見つめてごらん。心の目ん玉を、おもいっきり広げるんだよ。人がどう思うかじゃない、自分がどう思うかを見つめるんだ。そうすれば、大事なことがわかってくる」

「はあ……？　なんだよそれ、意味わかんねぇ」

「わかんなくて当然。あんた、まだ中学生だろ」

銀山先生は、机の引き出しから、白い手ぬぐいを引っぱりだしながら言う。

「世の中？　真実？　そんなのが、子どもに簡単にわかってたまるかい。大人だってみんな、悩《なや》んだり苦しみながら、なにが真実か必死で探してるんだ。一生かかって、それでも見つかるか見つからないか――真実ってのは、そういうもんなんだよ」

ほれ、行っといで。

手ぬぐいが俺《おれ》の頭にぱさりと載《の》せられた。

「床下《ゆかした》で今、みんながあんたを待ってるよ。肩《かた》の力を抜《ぬ》いて、まずは一回、頭を空っぽにしておいで」

は、やだよ、行かねぇよ。反抗心《はんこうしん》でそう返そうとしたけれど、先生が床の扉《とびら》を開けたとたん、言葉が引っこんだ。

床の穴から、シューシューと音を立てて、湧《わ》き上《あ》がる白い蒸気。そこから漂《ただよ》ってくる、なんとも言えない妙《みょう》な臭《にお》い。ああ、かねやま本館の――温泉の臭い。

だめだ。嗅《か》いだとたん、胸《むね》の奥《おく》が、ぎゅっと熱くなってしまった。温かさ、優《やさ》しさ、愛《いと》おしさ。今まであそこで味わった思いが流れこんできて、もうこれ以上は反抗《はんこう》できない。

たしかに期限はある。

だけど今。未来じゃなくて、たった今。小夜子さんやキヨ、クジョーが、俺《おれ》を待っている。

「ああもうっ…………！」

あの人たちに会いたい。その気持ちは、止められなかった。

俺は、頭に載《の》せられた手ぬぐいを勢いよくひっぱって、自分の首にかけた。さんざん声を荒《あら》らげたから、気まずくて銀山先生の顔は直視できない。行ってきますも言わずに、急いでハシゴに足をかける。

とりあえず。とりあえず今は。

一回、頭を空っぽにして、かねやま本館へ行く。

焦茶色《こげちゃいろ》の湯《ゆ》

いつもどおり、小夜子《さよこ》さんたちは温かく迎《むか》えてくれた。

銀山《かねやま》先生と話したように、小夜子さんや、キヨやクジョーの意見も聞きたかったけど、時間制限がある。俺《おれ》はなによりもまず、温泉に入ることにした。

たしかめたかった。

銀山先生はさっき、「真実なんて、簡単にわかるものじゃない」と言ったけど、昨日、かねやま新館で入った〈**真実《しんじつ》の湯《ゆ》**〉は——そして華世子《かよこ》さんは、はっきりと俺に言った。

「世の中には、明確に勝ち負けが存在」して「それが真実」なのだと。

ふたりの意見は、正反対。どちらかが、うそをついているのかもしれない。それを、俺はちゃんと見極《みきわ》めなきゃいけない。

かねやま本館のお湯が、今日、俺になにを伝えるか。

それによって、答えがわかる気がする。

「――って、すんげぇ普通《ふつう》なんすけど……」

今日呼ばれた〈**焦茶色の湯**〉を前にして、俺《おれ》はガクッとずっこけそうになった。

木造の、小さな内風呂《うちぶろ》。〈**真実の湯**〉の、あのリッチ感とは比べものにならない。

「マジか。今まででいちばん、地味じゃん……」

古びたランプがひとつ、天井《てんじょう》からぶら下がっているだけなので、浴室全体が暗い。自宅の風呂《ふろ》よりも小さい浴槽《よくそう》には、麦茶みたいな焦茶色《こげちゃいろ》のお湯が満ちていた。

もちろん浴槽には、内側からの照明もなければ、ボコボコッと泡立《あわだ》つようなジャグジー機能もない。あまりにも平凡《へいぼん》。ごく普通。

「まあでも、見た目で判断しちゃ悪いよな」

もしかしたら、お湯そのものが「特別」なのかもしれない。ビリビリッと電気が通るとか、とろみがあって体をやわらかく包みこむ、とかね！

「はいはい、では、入ってみましょう～～！」

わざと明るめに気持ちを切りかえて、軽くかけ湯をしてから、ドボンッと浸《つ》かった。

ちょうどいい湯加減。ごく普通《ふつう》の、心地《ここち》よい温泉。

別に、特に問題があるわけじゃない。これが、かねやま本館の初日だったら、「おお～～、いいじゃんいいじゃん、気持ちいいわ～～」って、純粋《じゅんすい》に思えたような気もする。

だけど、俺《おれ》は今までここでいろんな種類の温泉に入ってきたし、新館の豪華《ごうか》な〈真実の湯〉を知ってしまった身からすると、拍子抜《ひょうしぬ》けするくらい普通に感じてしまう。

「うーん……」

高くもなく低くもない天井《てんじょう》を見上げて、鼻から息を吐《は》いた。

板張りの天井には、一面に水滴《すいてき》がびっしりついている。この、結露《けつろ》してる感じもね、こう言っちゃなんだけど普通なのよ。新館のあのジャグジーはもっとこうさぁ……。

ゴージャスな新館と比べて、だらだらと心の中で文句を言いそうになったとき。

（いいかい？）

さっきの銀山先生の声が、心の底にドンッと響《ひび》いてきた。

（もっと、『今』を、しっかり見つめてごらん。心の目ん玉を、おもいっきり広げるんだ

よ）

「心の目ん玉ねぇ……」

とりあえず、本物の目ん玉をぐいっと、おもいっきりひんむいてみた。ついでに鼻の穴までふくらんでしまう。

『今』を見つめるって言われてもなぁ、それって、どういう意味――。

ぽつん。

天井《てんじょう》から、水滴《すいてき》が一粒《つぶ》落ちてきた。

「おっ」

目薬のように、ちょうど目の中にヒットした。一粒だけなのに、冷たくて瞬《まばた》きをしてしまう。ごしっと、手《て》の甲《こう》でぬぐってから目を開けると、

「ん!?　あれ……!?」

不思議だ。なんだか、さっきよりも天井の木目が鮮明《せんめい》に見えるような気がする。重なったいくつもの渦《うず》が、アートのようにくっきりと目に映る。

「え？　ちょい待って、こんなんだったたっけ……？」

驚《おどろ》いて、思わず鼻から息を吸うと、木の香りまで濃《こ》く感じた。落ちつくいい香りだ。そ

れに、お湯の肌《はだ》ざわりもさっきよりずっとなめらかなような。

「どうなってんだ……？」

なにかが特に変わったわけじゃない。ただ、自分の感覚が研《と》ぎ澄《す》まされた、そんな感じがする。戸惑《とまど》いながらも、この感覚を味わうように、俺《おれ》はゆっくりと、自分の浸《つ》かっている浴槽《よくそう》に視線を落とした。

平凡《へいぼん》な風呂《ふろ》。そう思っていたはずなのに、こうしてじっくり見てみると、悪くない。いや、それどころか、むしろいいかも。手づくり感のある木造の浴槽に、焦茶色《こげちゃいろ》のお湯が染《し》みこんで、渋《しぶ》い風合いがある。派手じゃないけど、肩《かた》の力が抜《ぬ》ける。ほっとする。

「なんだよ、いいじゃん……」

脱力《だつりょく》しながら、お湯に体を沈《しず》めようとした瞬間《しゅんかん》。

ボコッ。湯面に気泡《きほう》が生まれ、そこから黒い湯気が立ち上った。

「あっ……！」

黒い湯気の中に現れたのは、テラジ先輩《せんぱい》と俺だった。

パソコンの画面に釘《くぎ》づけになっているふたりは、おたがいの頬《ほお》がつきそうなくらいぴったりと並んで、夢中になって試合動画を観ている。

「詠尊《エイソン》選手、かっけ〜〜〜ッ！」

興奮して、真っ赤な顔で叫《さけ》ぶ、湯気の俺《おれ》。

「な、すごいだろ！　最高だろ⁉」

目を輝《かがや》かせながら、湯気のテラジ先輩《せんぱい》もうれしそうに笑う。

同じ動画を観て、同じように手に汗《あせ》を握《にぎ》り、黒い湯気の俺たちは――、静かに消えた。

ぽつん。

俺のつむじに、天井《てんじょう》から水滴《すいてき》が落ちる。

消えてしまった、幸せそうなふたり。

「…………」

ぼんやりと空中を見つめていると、首にかけていた手ぬぐいが、いつの間にかはずれ、湯面にゆらりと浮《う》かんでいた。すくい上げて広げてみる。

浮かびあがっていた、焦茶色《こげちゃいろ》の文字。

焦茶色の湯　効能：初心

初心……。

ほとんど声にならない声で、俺《おれ》はそうつぶやいた。とたん、胸にぐっと熱い思いがこみあげる。

はじめの、気持ち。

ただただ、熱い試合を見て、心から感動したあのとき。

あの日、動画の中で見たのは、ただの勝ち負けじゃなかった。殴《なぐ》り合《あ》いでも、蹴《け》り合《あ》いでもない。詠尊選手とＧＩＮＪＩ《ギンジ》選手の真剣勝負《しんけんしょうぶ》。魂《たましい》と魂のぶつかり合い。

そうだ。だから俺はあんなに感動したんだ。テラジ先輩《せんぱい》もきっと、同じだったと思う。

もちろん、試合だから勝敗は決まる。だけど、感動したのはそこじゃない。

本気でやるって、なんてかっこいいんだろう。血が出ても、痛くても、最後の最後まで勝利を信じて戦う。ラスト一秒まで、絶対に諦《あきら》めない両選手のその姿勢に、鳥肌《とりはだ》が立つほど感動したんじゃねぇのか。

――まだ終わってない。まだなにも決まってないぞ。

あの試合は、荒《すさ》んだ毎日を過ごしていた俺の目を覚ましてくれた。エールをくれたんだ。

——立て、戦え。諦《あきら》めるな、自分を。諦めるな、人生を。

なのに俺《おれ》は、勝ち組とか負け組とか、フォロワーの数とか、そんなのに頭が支配されて。

「ああ、ばかみてぇ……」

濡《ぬ》れた手ぬぐいを、自分の顔に押《お》しあてた。

あのときの気持ちを、いつから忘れていたんだろう。

相撲《すもう》

休憩処《きゅうけいどころ》には、アチャコも、他の中学生もいなかった。

小夜子《さよこ》さんとキヨとクジョーが、長湯して顔の火照《ほて》った俺《おれ》を笑顔《えがお》で迎《むか》えてくれる。

「いいお湯でしたでしょう?」

小夜子さんに聞かれ、俺は素直《すなお》にうなずいた。

「……はい。初心、思いだせてよかったっす」

三人が、微笑《ほほえ》みながら、同時にうなずいた。俺が初心に立ち返れたことを、心から、本当に心から喜んでいることが視線から伝わってくる。

「はい、どうぞ」

クジョーがキンキンのお水を注いでくれた。グビッと飲み干すと、喉《のど》から胃に、まっすぐな道が通ったような気がした。混乱していた気持ちがすっきりと整い、背筋が伸《の》びる。

「なぁ、イッペー」

キヨが、背伸《せの》びをしながら、俺《おれ》の肩《かた》をぽーんとたたいた。

「おめぇよぉ、なんか相撲《すもう》みたいのやってんだよな？　だったらよ、今から、オレと勝負しねぇか？」

「ずいぶん急だな。まあ勝負するのはいいけど、俺がやってるのは相撲じゃねぇから。前にも言ったと思うけど、キックボクシング！」

一応、軽く説明をしたけれど、「ああ？　なんだそれ？　結局、相撲だろ？」とキヨにはまったく理解してもらえなかったので、ああもうだったら相撲でいいよ、と諦《あきら》めた。まあ相撲っていっても、畳《たたみ》の縁《へり》をラインにして、「ここから出たら負け」、あとは、「地面に体がついたら負け」という、めちゃくちゃテキトーなルールにしたけど。

「おふたりとも、ちょっとだけ待ってくださいね」

小夜子さんが、さっと、テーブルの上のグラスを片づけてくれたので、俺とクジョーでテーブルを、キヨが座布団《ざぶとん》を畳の端《はし》にタタタタッと素早《すばや》く寄せる。

「さあ、どうぞ」

小夜子さんのオッケーが出たので、俺とキヨは、甚平《じんべい》の袖《そで》を肩までめくって向かい合った。

「言っとくけどイッペー、オレに手加減なんてすんじゃねぇぞ」

キヨが、フンッと鼻息荒《はないきあら》くシコを踏《ふ》む。

「はいはい、わかったわかった」

こんな小さいやつ相手に、手加減しなかったらやばいだろ。笑いそうになりながらも、俺《おれ》もキヨに合わせてシコを踏む。

クジョーが、勝負の判定をする行司の役割を担《にな》ってくれることになった。

「見合って見合って〜〜！」

気合が入りすぎて、なぜかあごがクイっと前に出ているキヨに、俺は笑いをこらえながらも、勝負は勝負だ、しっかり見つめ合う。

「はっけよーい……」

のこった！　の掛《か》け声《ごえ》とほぼ同時に、キヨがどーんとぶつかってくるのを、俺は、がしっと両手で受け止めた。もちろん、体格差もあるし手加減をするけど、チビのキヨは、こう見えてなかなか力があるようだ。ぐぐぐ、と足を踏みこんでどんどん押《お》してくる。

坊主頭《ぼうずあたま》の耳が、みるみるうちに真っ赤になる。

「……キヨめ。おまえ、なかなかやるじゃねぇか」

俺《おれ》が思わずうなると、

「負けてたまるかってんだ！」

キヨがまた、両手でおもいっきり、俺をぐいっと押《お》した。

「こっちも負けねぇよ！」

俺はキヨの腰《こし》に、ガッと両手を入れて、ずりずりと後ろに押し返した。畳《たたみ》の縁《へり》のほうへとキヨがずり下がる。

このまま押し出しで楽勝だな——と思ったら、小夜子さんが声を張りあげた。

「キヨちゃん、しっかり！　踏《ふ》んばるんですよ！」

小夜子さんらしくない、ちょっとだけドスの効いた声に、ギョッとして俺が少し力を抜《ぬ》いた瞬間《しゅんかん》、キヨが覚醒《かくせい》した。

「うをおおおおおおおお！」

声をあげながら俺の力に必死で耐《た》え、信じられないことに、小さな両手が、圧倒的《あっとうてき》に大きい俺を、ぐいっと押し返した。

「え」

予想外の事態に、俺《おれ》はバランスを崩《くず》した。そこを、キヨは逃《のが》さなかった。

「エイヤーッ！」

雄叫《おたけ》びをあげながら全身でタックルをかましてきたので、俺は、「うわっ」と、情けない声をあげて、ついにしりもちをついてしまった。

「勝負あり！」

クジョーが右手を素早《すばや》く上げる。

「キヨさんの勝ち！」

「え〜〜！　おい、マジかよ〜〜……！」

手加減していたら、負けちまった。

ウッヒョ〜〜ッ！　と、キヨが飛び上がって喜ぶ。

「キヨ、たのむ！　もう一戦……！」

負けたまんまじゃ気が済まない。両手を合わせて、リベンジマッチをお願いしようとした瞬間《しゅんかん》。

ゴォォォォン

「チキショ〜〜、時間切れかよ」

第二保健室のベッドの上で、悔《くや》しくてうなだれる俺《おれ》を、ニヤニヤしながら銀山《かねやま》先生がのぞきこんでいる。

「負けたねぇ」

「だーかーらぁ、なんでいつも知ってんだよ。怖《こわ》いってば」

黄ばんだ八重歯を丸見えにして、ヒヒヒッと笑う先生を見つめながら、俺は心地《ここち》よい敗北感に包まれていた。

あ〜〜あ、負けちった。だけど、あ〜〜あ、楽しかったなぁ〜〜〜！　久しぶりに、なーんにも考えずに、ただただ楽しかった。

〈焦茶色《こげちゃいろ》の湯《ゆ》〉と、そしてキヨとの相撲《すもう》が、いちばん大事なことを思いださせてくれた。

——初心。

「先生」

俺は、布団《ふとん》をはいで立ち上がった。頭をかいて、一呼吸置いてから銀山先生に謝《あやま》る。

「ごめん。さっきは完全に言いすぎた。俺、あたりまえのこと忘れてたわ」

先生は、ほう、と細い目を少しだけ丸くして、「あたりまえ……？」と聞き返す。

「うん。俺《おれ》は、ただただキックボクシングが好きだってこと。やってるだけでめちゃくちゃ楽しい。だから、強くなりたかったんだ。好きだから上達したかった。シンプルにそんだけだったんだよ。いちばん大事なこと、今日やっと思い出せた。あ〜、なんかばかみてぇ。俺、ごちゃごちゃ考えすぎてたわ」

きっと、テラジ先輩《せんぱい》も同じだったと思う。最初は純粋《じゅんすい》にそれだけで、俺たちは十分幸せだったはずなんだ。なのに、だんだんと「今」を楽しむことよりも、「未来」を恐《おそ》れるようになった。まわりの視線にばかり目を向けて、大好きなキックボクシングを、幸せになるための「手段」としてしか見られなくなった。だから苦しくなったんだ。

銀山先生は、満足そうにうなずく。

「そこに戻《もど》れたなら上出来だよ。来たときよりもあんた、ずっといい顔をしてる」

先生は俺の右肩《みぎかた》を、ぽんぽんっと優《やさ》しくたたいた。

「今の気持ちを、絶対に忘れるんじゃないよ。好きだって気持ちが、なにをやるにもいちばん大事なんだからね」

「うす！」

先生に見送られて第二保健室を出ると、外はもう真っ暗。さっきまでは降っていなかったのに、雪が降り始めている。

「さっむ……！」

羽織っていたダウンジャケットのファスナーを、あわてて首まで引き上げる。

冷たい、凍《こご》えるような空気。

だけど俺《おれ》は、それに対抗《たいこう》するように、はあっと熱い息を吐《は》いた。自分の吐いた息が、白い湯気のように、視界を覆《おお》う。

――湯冷めなんか、してたまるか。

世の中の声。華世子《かよこ》さんの声。そういうのに流されて見失っていたけど、やっと取《と》り戻《もど》せた、初心。

なにがあろうと、これを、しっかり握《にぎ》りしめていたい。離《はな》したくない。

ぎゅっと自分の拳《こぶし》に力を入れた。気合を入れて、雪の中へと歩きだす。

キックボクシングが好きだ、大好きだ。ただただ、やっていて楽しいんだって、その気持ち。今、持っておくべきなのは、それだけでいい。それだけで十分なんだ。余計なことは考えずに、その気持ちだけを握っておけばいいんだって。

それを今、伝えたい人は、あの人だけだ。

雪の中を、俺《おれ》はついに走りだした。はあ、はあ、と自分の吐《は》く息が、後ろに流れていく。

「先輩《せんぱい》……！」

学校を飛びだし、そのまま、全速力で寺嶋家《てらじまけ》に向かった。

先輩、やっぱりだめだよ。入館証を燃やす必要なんてないって！

だってさ、夢なんか見なくても、幻《まぼろし》なんか見なくても、俺たちはもっと「今」を楽しめばいいんだから！

一回、戻《もど》ろう、あの瞬間《しゅんかん》に。もっともっと、純粋《じゅんすい》に楽しもう。先輩、言ってたよな。キックボクシングが大好きだから、まわりのみんなにも勧《すす》めたかったんだって。それがすべてじゃん。好きだって、楽しいって、それがもう幸せなことじゃねぇか！

いつの間にか、雪はますます大粒《おおつぶ》になっている。風も出てきた。前方から激しく打ちつけてくる雪に逆らうように、俺は必死で走る。髪《かみ》の毛《け》もまつげも、もう雪まみれだ。

あっという間に降り積もる雪で、街じゅうのすべてのものが輪郭《りんかく》を失っていく。まるで、白にのみこまれていくみたいだった。

新館で見たガラスケースの中にいるみたいだ。そう思って、ますます不安になる。
——ああ先輩《せんぱい》、どうかどうか、早まらないでくれ！

与《あた》える側　与えられる側

インターフォンを鳴らしてもなかなか出てこないので、玄関《げんかん》のドアノブをまわすと、鍵《かぎ》はかかっていなかった。

声をかけて中に入ると、すぐに爆音《ばくおん》のイビキが聞こえてハッとした。

寝《ね》てる？　まさかもう入館証を燃やして――……！

「だ、だめだって……！」

あわてて転びそうになりながらも、すぐにリビングにかけこんだ。

「！」

リビングのソファーの上で、ズゴゴゴォ……と爆音のイビキをかきながら、腹を出して寝ていたのは親父《おやじ》さんだった。

そのソファーに寄りかかるようにして、テラジ先輩《せんぱい》も、すぅすぅと、赤ちゃんのように心地《ここち》よさそうに寝《ね》ている。

「な、なんだよこれ……！」

思わず顔をゆがめてしまうくらい、部屋は散らかっていた。

もちろん、前から特別片づいた家ではなかったけど、急にゴミ屋敷《やしき》のように変わっている。カップ麺《めん》の容器や、飲みかけのペットボトルに空《あ》き缶《かん》。ひどい散らかりようだ。

「どうなってんだよ……」

俺《おれ》は、ゴミを足で避《よ》けながら、すぐさま先輩《せんぱい》にかけよった。

「テラジ先輩！　先輩！」

急いでかけよると、先輩は「ん……？」と、小さな子どものように口元をむにゃむにゃさせながら、薄《うす》く目を開いた。ぼんやりした眠《ねむ》たげな目で俺を確認《かくにん》して、ふっと小さく微《ほほ》笑《え》む。

「なんだ、一平《いっぺい》か」

「え……」

「どうしたんだよ、遊びに来たのか？」

あまりにも穏《おだ》やかな表情に、胸が詰《つ》まりそうになった。

本音を聞いてしまったから、もう気まずくなってしまうかと思った。だけど、こんなふうに笑ってくれるんだ。苛立《いらだ》ちや嫉妬《しっと》が混じっていない、こんなに優《やさ》しい顔で。

うれしい。やっぱり俺《おれ》、この人が好きだ。

泣きだしそうになりながら、俺は声をかける。

「もう～～、先輩《せんぱい》が心配で来たんすよ。ジムやめるとか言うから～～。なにしてるんすか、大丈夫《だいじょうぶ》？　眠《ねむ》いの？　具合悪い？」

たたみかけるように聞く俺に、目を閉じながら、先輩がはは っと笑った。

「大丈夫だって、眠いだけ……」

小さくそうつぶやいて、先輩は寝返《ねがえ》りを打った。俺に背中を向け、すぐにまた、すぅ、すぅ、と寝息を立て始める。

「え、ちょっと先輩、寝ないでくれよ！　なぁ、起きてって！」

怖《こわ》くなった。おかしい。こんなにすぐ寝ちゃうなんて変だ。先輩は、やっぱり入館証を、もう燃やしてしまったのか？

ハッとした。

だとしたら、ガラスの鍵《かぎ》を手に持っているはずだよな――。

にもない。

震《ふる》えそうになりながら、俺《おれ》は先輩《せんぱい》の手のひらを、無理やり開いた。だけど、そこにはな
——鍵《かぎ》を持ってはいない。

ってことは、これは新館とか関係なく、ただ単に寝《ね》てるだけってこと？

「はあ～～～、なんだよ、よかった！　とりあえずよかった……！」

ホッとして、自分の額の汗《あせ》をぬぐった。先輩の横に、へなへなとしゃがみこむ。

つけっぱなしのテレビからは、お笑い番組が流れていた。華《はな》やかなセットの前で、芸人さんたちが、代わる代わる漫才《まんざい》をしていく。時折生まれる、観客のまとまった笑い声に、寝ている親父《おやじ》さんが反応して、ふへっと笑った。ボリボリと腹をかきながら、またズゴォォォ……と、イビキが再開する。

そういえば、親父さんは昔、芸人をやっていて、テレビにも出たことがあったと、前にカズ兄《にい》が言っていた。紅白温度計《こうはくおんどけい》とも仲が良くて、いいマンションにも住んでた、って。

俺は、赤い顔をしてむにゃむにゃと寝ている親父さんを見つめる。

「…………」

そんな時代があったなんて、それこそまさに、夢のような感じがする。っていうか、親

父さん、仕事は？　こんな時間に寝《ね》てて大丈夫《だいじょうぶ》なのか？　それにこの汚《きたな》い部屋。どうなってんだよ。

「なぁ、親父《おやじ》さん。起きてって」

肩《かた》を揺《ゆ》すると、びくっとして、親父さんが目を覚ました。パチパチと目を瞬《しばた》き、それから、ふにゃっとした笑顔《えがお》を見せる。

「おお〜、なんだ、一平。来てたのかあ」

あいかわらずヘラヘラしているので、少しイラっとしてしまう。

「そんな寝てばっかりで大丈夫かよ。ちゃんと仕事とか行ってる？」

「行ってる行ってるぅ〜、今日は早番だったんだよ」

親父さんはそう言って、ダイニングの椅子《いす》に放ってある、汚《よご》れた作業着を指さした。

「でもまあ、ミスばっかでもうクビになりそうだけどなぁ。どうしても頭ん中で、漫才《まんざい》のネタばあっか、考えちゃうんだよなあ」

見せる場所なんてもうねぇのにさあ、と言いながら親父さんは、ヒャヒャヒャッと笑ってから、急に思いだしたように、「おおいっ、茂樹《しげき》、起きろぉ」と、テラジ先輩《せんぱい》を揺すった。

「一平が来てくれてるぞう〜〜」

へ……と、テラジ先輩《せんぱい》は一瞬《いっしゅん》だけ目を開けて、すぐにまたこくんと眠《ねむ》ってしまった。

そうだ。そういえば。

「カズ兄は……？」

俺《おれ》が聞くと、親父《おやじ》さんが「ああ〜〜……」と、首をボリボリかきながら笑った。

「言ってなかったか。カズはな、出ていったんだよ。札幌《さっぽろ》でひとりで暮らすってよ。俺となぁ、ちょっと口げんかになっちまって、十日くらい前だったかな、怒《おこ》って行っちまった」

「えっ……」

じゃあつまり、これからはもう、この親父さんとテラジ先輩の、ふたりきりの生活ってこと——？

「おいおい一平、そんな顔すんなよぉ。どうにかなんだろ、どうにか〜〜」

そう言って、親父さんはヘラヘラと笑っている。

「どうにかって……」

俺は絶句した。

ゴミ屋敷《やしき》のように散らかったリビング。ちっとも「どうにか」なっていない。

俺《おれ》は、ソファーに寄りかかって寝《ね》ているテラジ先輩《せんぱい》が、かわいそうで、切なくて、たまらなくなった。こんなたよりない親父《おやじ》と、これからずっとふたりきりって。

カズ兄がいるときは、あんなに心地《ここち》よい家だったのに……と思って、いやいや、そうじゃない、と思いなおす。

あの「温かさ」は、ギリギリのところで保っていた、危なっかしいジェンガのようなものだったんだ。カズ兄だって、きっと限界だったんだ。

本当は、母親がいなくなった時点で、この家族はすでにぐらついていたんだろう。ただ必死で耐《た》えて、でもいつでも倒《たお》れそうなくらいもろい状況《じょうきょう》で、それでも、なんとかみんなで笑って、ただ笑ってごまかして、日々をやりぬいていただけで。

「あ……」

俺は、テレビ画面を見つめてつぶやいた。

「紅白温度計……」

ちょうどテレビに、紅白温度計のふたりが出てくるところだった。

親父さんが、「おおお、来た来た」と、うれしそうに目を細めながら、少し前かがみになる。

センターマイクに立つ紅白温度計に、観客の黄色い声援《せいえん》が飛ぶ。スポットライトを浴びて、ボケのほうの真っ赤な髪《かみ》が、まぶしいほど鮮《あざ》やかに画面に映る。

どうも～～！　と明るい声でネタが始まる。クールなツッコミが、低いテンションでボソッとなにかを言うと、すぐにどっかんと笑いが起きた。

「すっげぇよなあ～～、天才は」

親父《おやじ》さんが、ヒャヒャヒャッと肩《かた》を揺《ゆ》らして笑う。

その声に、わずかにうらやましさが含《ふく》まれている気がして、俺《おれ》は切なくなって下を向いた。そんな俺の気持ちには気づかないのか、

「なあ、一平、知ってるかあ」

親父さんは、テレビに視線を向けたまま話しかけてくる。

「こいつらさあ、おもしろいだけじゃなくて、すんげぇいいやつらなんだよ。今を生きる子どもたちに元気を与《あた》えたいとかって、売れる前から慈善活動《じぜんかつどう》とかもめちゃくちゃしててさあ。災害があった地域にも、長年ずうっと支援《しえん》に行ってるみてぇだし、こども食堂だったかな？　そういうのも昔っからやっててよぉ。とにかく、すんげぇの。ふたりそろって

人柄《ひとがら》カンペキ。金とか名声とか、そんなの興味なくて、笑いを届けるのは自分たちの使命だって、本気でそんなこと思ってるような、青くさいやつらでさあ～～」

「………」

紅白温度計がそういう活動をしてるっていうのは、テレビやネットで目にしたことがある。俺《おれ》はそれを「どうせ、タレントがイメージアップのためにやってるだけだろ」くらいにしか思ってなかったけど、同期の親父《おやじ》さんがそう言うってことは、本当にそういう人たちなんだろう。

どかん。テレビの中から、また笑いが生まれた。

親父さんが爆笑《ばくしょう》する。笑いすぎて涙《なみだ》が出たようだ。目尻《めじり》を指先でぬぐいながら、ひゃあ～～、とまぶしそうにつぶやいた。

「いいよなあ……、才能があって、はじめからカンペキな人間は。悩《なや》みなんてねぇよな、こういう、人に元気を与《あた》えられる側のやつらには」

親父さんの言葉が、ずしんと胸に来た。

自分も、あっち側に行きたかったのに、才能が足りなかったたって、きっとそう思っているんだ。自分は失敗したんだ、負け組だ。そんなふうに諦《あきら》めて、酒ばっかり飲んで。

それくらい、本気で悔《くや》しかったんだよな。負けたくなかったんだよな。

だけど、だけどよ親父《おやじ》。

俺《おれ》は、その横顔をにらみつけた。

――いいかげん、目を覚ませって！

過去の幻《まぼろし》にとらわれて、「今」を見失ってんだよ。大事な家族がそばにいること、それがどれだけ幸せなことなのか、完全に見失ってんじゃねぇかよ！

怒《いか》りに震《ふる》えかけた瞬間《しゅんかん》、俺の視界に入った。

テーブルの上にある、銀色の、なんてことのないアルミの灰皿。

その中に、煙草《たばこ》の吸《す》い殻《がら》が、廃材《はいざい》のように折り重なって山になっている。ふにゃりと押《お》し潰《つぶ》された、端《はし》っこが黒く焦《こ》げた吸い殻たち。

そこに、一本のマッチ棒が刺《さ》さっていた。

「あっ………」

俺は目を見開いた。

いつだったか、ここで晩飯を食べたときの光景が瞬時《しゅんじ》によみがえる。

（落ちそうで落ちねぇんだよ、すごくねぇか？　このバランス）

（いや、そんなんいいから、さっさとゴミ箱に捨てろよ。汚《きたね》ぇなあ）

（一平、まいっちゃうだろ、うちの親父《おやじ》）

ジェンガのように、吸《す》い殻《がら》を重ねていた親父さん。それにツッコミを入れたカズ兄。テラジ先輩《せんぱい》の笑い声——。

ガサッと、吸い殻の山が崩《くず》れた。机の上に、吸い殻と灰が散らばる。

「ああっ…………」

顔をゆがめる俺《おれ》の横で、「あ〜あ、崩れちまった」と、親父さんは片づけもせずに笑って、「さあ〜て、もう一本飲むかな」と、お酒を取りに台所へ行ってしまった。

散らばった灰を見つめながら、俺は不吉《ふきつ》な予感に、胸がドクンと鳴るのを感じた。

煙草《たばこ》の臭《にお》いといっしょに、灰からわずかに臭いがする気がする。

ヒノキのような、硫黄《いおう》のような、雨の匂いの混じった温泉の臭い。

嫌《いや》だ、うそだろ。ああ、でも、もしかして——。

視界の端《はし》が、きらりと小さく光った。ソファーの後ろに——テラジ先輩のすぐ近くに、あの美しいガラスの蝶《ちょう》が飛んでいる。

蝶から、華世子《かよこ》さんの声が、はっきりと響《ひび》いた。

――テラジくんは正しい選択《せんたく》をしたわ。入館証をちゃんと燃やしたの。彼《かれ》は今、新館にいるわ。幻《まぼろし》の中で、とても幸せそうよ。さあ、次はあなたよ、イッペーくん。

「そんなはずない！　だって――」

俺《おれ》は、もう一度確認《かくにん》するように、寝《ね》ている先輩《せんぱい》の手を開いた。右手にも左手にも、ガラスの鍵《かぎ》は握《にぎ》られていない。

俺の心が読めているようだ。蝶《ちょう》はあっさりと答える。

――テラジくんに渡《わた》した鍵は、テラジくんにしか見えない。イッペーくんのもそうよ。それぞれ、本人にしか見ることはできないの。

「そ、そんな……」

絶句した俺の背後で、むにゃむにゃと声が聞こえた。

振《ふ》りむいて顔を見ると、先輩は目を閉じたまま笑っていた。幸せな夢を見ているようだ。

赤ちゃんのような無垢《むく》な顔をしている。

口元をわずかに開き、先輩の口からかすれた声がもれた。

「か、あ、さん……、おかあさん……」

息をのんで、俺は先輩を見つめた。

先輩《せんぱい》はもうなにもしゃべらず、すう……と、規則的な寝息《ねいき》だけが、口からもれる。

俺《おれ》は、自分の口を手で押《お》さえ、静かに現実を受け止めた。

先輩は、入館証を燃やした。新館を選んだんだ。

そして夢の中でお母さんと——華世子さんが演じているだけの幻と——会っているんだ。

俺は、がくりと脱力《だつりょく》した。どうしていいかわからずに、ただただ先輩の寝顔《ねがお》を見つめることしかできない。

さらりと額の横に流れた前髪《まえがみ》。寝息といっしょに静かに上下する胸。静かに閉じられた細いまつげ。うっすら桃色《ももいろ》に染まった頬《ほお》。

それは本当に安らかな、幸せそうな寝顔だった。

「は…………」

胸が詰《つ》まって苦しい。自分が無力すぎて情けない。

先輩のおかげで俺は前に進めたのに、先輩にとって俺は、なんの支えにもならなかったんですか……？

もう見ていられなくなって、先輩から視線を外した。

灰皿の中には、崩《くず》れた吸《す》い殻《がら》が散らばっている。

煙草《たばこ》臭《くさ》さと焦《こ》げ臭《くさ》さ。それと、わずかに温泉の臭《にお》いに包まれた部屋に、先輩《せんぱい》の寝息《ねいき》が響《ひび》きつづける。

本人が幸せなら、それでいい。それが、いちばんだよな。

自分に言い聞かせるようにそう思おうとした。だけど無理だ。

俺《おれ》の心の目は、もう開いてしまった。

こんなのがいいわけがない。それだけははっきりわかる。

「先輩」

俺はもう一度、先輩を見つめた。細いその肩《かた》を、がしっと両手で強く握《にぎ》る。

「起きてくださいよ、ねぇ、ねぇ！」

すがるように何度も揺《ゆ》さぶったけど、先輩は引きずられるように、深い眠《ねむ》りへと落ちていく。

「一平、もういいって〜〜。こいつ気持ちよさそうだからよ、ゆっくり寝《ね》かせといてやれ〜〜」

台所から親父《おやじ》さんが言ってきたけど、無視した。

「だめだよ、先輩《せんぱい》！　なぁ、起きてくれよ！　たのむって！」

だけど、ううん、と寝返《ねがえ》りを打って、ついには俺《おれ》に背を向けてしまった。

先輩の耳元に止まっていた蝶《ちょう》が、ふわりと飛んだ。そのまま、俺のほうに近づきながらささやいてくる。

——**いいのよ、大丈夫《だいじょうぶ》。寝かせてあげなさい。**

「うるせぇ！」

俺は、蝶をおもいっきり手ではらった。

「やっぱりこんなの違《ちが》う！　こんなの、ただ逃《に》げてるだけじゃねぇか！」

俺の怒鳴《どな》り声《ごえ》に、なんだ!?　と、親父さんがびっくりして飛びだしてくる。

どうやら親父さんには、蝶の姿も見えず——この声も、まったく聞こえていないようだ。

俺は、震《ふる》えながら蝶に向かって拳《こぶし》を放った。でも、あっさりとかわされる。

——**どうしたの、イッペーくん。あなたもこっちに来ればいいじゃない。**

いやだ、いやだいやだいやだ！　返せ！　先輩を返せよ！

――ふふふふ。

蝶《ちょう》が笑っている。華世子が、勝《か》ち誇《ほこ》ったように笑っている。

ああ、やっとわかった。こいつは、最初から、俺《おれ》たちをめちゃくちゃにするために、こうやって眠《ねむ》りの世界に引きこむためだけに――。

「ああああああああ！」

ばかやろうばかやろうばかやろうばかやろう！

「一平、お、おい、どうしたってんだよぉ……」

あっけにとられておろおろする親父《おやじ》さんが視界に入ったけど、どうでもいい。俺は蝶を捕《つか》まえようと、空中をおもいっきり、めちゃくちゃにパンチする。

だけど、俺の拳《こぶし》は空気を殴《なぐ》ることしかできない。

蝶は、俺を弄《もてあそ》ぶように羽を動かしながら、いつの間にか消えてしまった。

決意

——先輩《せんぱい》を、新館から取《と》り戻《もど》したい。

そればっかり考えて、ほとんど眠《ねむ》れない夜を過ごした。

そして翌朝。まだ夜が明けきらない五時に、俺《おれ》は第二保健室へ向かった。

小夜子《さよこ》さんたちとは幼なじみだと、華世子《かよこ》はそう言っていた。きっと、小夜子さんたちなら、なにか解決策を出してくれるはずだ。

もう隠《かく》さない。新館のことも、テラジ先輩が入館証を燃やしたことも、すっかりぜんぶ伝えるつもりで、俺は大急ぎで第二保健室の扉《とびら》を開けた——のだったが。

「銀山《かねやま》先生！　あのさ——、うぐっ……」

奇妙《きみょう》な現象が起きた。新館や華世子のことを話そうとすると、なぜか声が出ない。喉《のど》が圧迫《あっぱく》されたように苦しくなって、言葉がまったく出なくなる。

なんだかまるで、呪《のろ》いをかけられているみたいだった。華世子のあの、妙《みょう》に自信に満ちた態度を思いだす。

（入館証を燃やしたことも、小夜子たちにはバレないようになっているの。ただ、ああ、なんだか急に来なくなったわねって、不思議に感じるだけ）

かねやま本館の人たちにはバレない――。

それは、「言えないようにしている」から。俺《おれ》たちの口に、そういう呪いをかけているからだったのか――……？

銀山先生の顔色が、めずらしく少しだけ青くなった気がした。「あんたまで……」と、小さくつぶやいたのが聞こえる。

「あ、あんたまでって……！　なぁ先生、それどういう意味!?」

「ちょうど昨日、あんたと同じような症状《しょうじょう》の子が来たんだよ。その子だけじゃない、前にも同じようなことがあった。なにかを話しかけると、そうやって喉《のど》を押《お》さえて言葉が出なくなる」

「えっ……！」

俺以外にも、同じ症状の子が!?

そうか、華世子はテラジ先輩《せんぱい》と俺《おれ》だけじゃない、他の子にまで声をかけて――……！

うぐうぐとあえいでいる俺の横で、

「妙《みょう》だね……」

銀山先生は、いつになく神妙《しんみょう》な顔で腕《うで》を組んだ。それから、静かに深く息を吸う。

「いいかい？　まずは落ちつきな。大丈夫《だいじょうぶ》だから、とにかくあんたは床下《ゆかした》の世界に行っておいで」

先生の声は、どこまでも落ちついていた。

この人に「大丈夫」と言われると、本当に「大丈夫」な気がしてくる。

俺は、喉《のど》を押《お》さえながらうなずいた。

「わかった……、行ってくる」


アーチ形のトンネルの出口を抜《ぬ》けると、霧雨《きりさめ》の中、飛び石を歩いているジャージ姿の女子が見えた。

こんな朝早い時間に来るのは、俺ははじめてだ。たぶんはじめて会う子だろうなぁと思っていたら、

「あ！」

アチャコだった。

俺《おれ》の声に振《ふ》りむき、目をぱちくりさせたあと、アチャコが雨に濡《ぬ》れた顔で「うっそ〜〜！」と笑う。

「誰《だれ》かと思ったら、イッペーちゃんじゃん。さすがに、この時間には会えないかなって、ほぼ諦《あきら》めてきたのに、なんでいるのぉ？　やば。なにこれ、うちら運命〜〜？」

でもごめんだけど、私、もう好きな人がいるんだよねぇ、と勝手なことを言って笑うアチャコに、俺はずかずかと近づいた。

「アチャコ」

真剣《しんけん》な俺の顔が怖《こわ》かったのか、アチャコはギョッとしたようにのけぞった。

「ちょ、なになに。もしかしてこの前のこと？　いや、私もさぁ、イッペーちゃんにちょっと言いすぎちゃったなあって、ずっと反省してたんだよ？　なんか、変にムキになっちゃってごめんね。だからさ、そんな怖い顔しないで――」

「アチャコ！」

まだしゃべっているアチャコの肩《かた》をガシッとつかんだ。びくんっと、アチャコがかたまる。

同じ中学生同士のアチャコになら、すべてを話せるかもしれない。

俺《おれ》は気合を入れて、息を吸った。だけど――。

「……うぐっ、お、おえっ……！」

だめだ。やっぱり話せない。顔をゆがめて、アチャコの肩《かた》から手を離《はな》した。喉《のど》を押《お》さえながら、うぐうぐとうなる俺を見て、アチャコがハッと息をのむ。

「ねぇ、もしかしてイッペーちゃん、なにかを話そうとしてるけど、声が出ないんじゃないの……？」

アチャコの問いかけに、俺はおもいっきり何度もうなずいた。

「す、すげぇよ、アチャコ。なんでそんなに察しがいいんだよ！」

「だって……」

アチャコは神妙《しんみょう》な顔で、自分の喉を押さえた。

「私も――うぐっ、うっ、うっ……おえっ、ううううう」

「えっ」

うそだろ。息苦しそうに喉を押さえる姿は、今さっきの俺とまったくいっしょだ。

一瞬《いっしゅん》、俺の真似《まね》をして、ばかにしているのかと思った。だけど、アチャコがそんなふざけたことをするやつじゃないってことは、ここで何度も会っているからわかる。

「もしかして――」

アチャコも、新館を知っているのか――？　と聞きたかったのに、続きは、

「がっ……。ぐぐぐ……。ああ～、うぐっ」としかならなかった。

だけど、アチャコには、それでもう十分伝わったようだ。真剣《しんけん》な表情で俺《おれ》を見つめ、うん、とうなずくと、両手をパーの形に開いて、蝶々《ちょうちょう》のようにひらひらと動かした。

「私も同じ。まさに昨日、銀山先生や小夜子さんたちに話そうとしたの。でも無理だった。なんにも言葉が出なくて」

「やっぱりそうか……！　あ、あのなアチャコ。テラジ先輩《せんぱい》は――」

ジェスチャーだけで、なんとか意思疎通《いしそつう》を図《はか》る。

先輩が入館証を燃やして新館を選んだということ。身ぶり手ぶりを交えて、汗《あせ》だくになって「テラジ先輩がな、テラジ先輩が……」と繰《く》り返《かえ》す俺に、アチャコは目を見開いた。

「もしかして、テラッちはもう――」

入館証を、燃やしたの？　アチャコの瞳《ひとみ》が問いかけてくる。

ぶんぶんと激しくうなずくと、アチャコの顔が一瞬《いっしゅん》にして青ざめた。

「だ、だめだよ。そりゃ私だって、心が揺《ゆ》れたけど。でもこんな――うぐっ……、こんな呪《のろ》いみたいなことが起こるのって、どう考えてもおかしいもん。ああ、そんな……！」

どうやらアチャコも、新館への不信感が芽生えていたようだ。泣きそうな顔をするアチャコを見ると、俺《おれ》もますます不安になってくる。

今こうしているあいだも、テラジ先輩《せんぱい》の心が、どんどん華世子に吸いこまれていくような気がしてしょうがない。叫《さけ》びだしそうになる感情を、唇《くちびる》を強くかむことでなんとか押《お》さえこむ。

「イッペーちゃん」

アチャコが、俺の腕《うで》をつかんで走りだした。

「と、とりあえず早く、早く小夜子さんたちのところへ……！」

留紺色《とめこんいろ》の湯《ゆ》

「小夜子《さよこ》さん、キヨ、クジョー！」

玄関《げんかん》に入るなり、アチャコが叫《さけ》んだ。

「ねぇ、早く！　早く来て……！」

最初にキヨとクジョーがやってきた。俺《おれ》たちのただならぬ空気を察したのか、「よし、こっちで話すぞ」と、すぐに休憩処《きゅうけいどころ》に通してくれる。

「ねぇ、小夜子さんは？」

焦《あせ》ったようにアチャコが聞いたのと同時に、小夜子さんが入ってきた。

「おふたりとも、よくいらっしゃいました」

いつもどおりの優《やさ》しい声を聞いて、俺はもう、半泣き状態で訴《うった》える。

「て、テラジ先輩《せんぱい》が……！」

蝶《ちょう》のこと。かねやま新館のこと。ガラスの鍵《かぎ》。そしてテラジ先輩《せんぱい》が——とらわれてしまっていること。

頼《たの》む、しゃべらせてくれ——。祈《いの》るような気持ちで、おもいっきり息を吸って——。

「ぐっ、ううう、ググっ、ぐぐぐ。ぐぐぐぐぐぐぐ、グェっ……ううう」

「だめだ、イッペーちゃん。私が言う！」

俺《おれ》の代わりに、アチャコが立ち上がった。

「あのね小夜子さん。テラッちがっ……うぐっ、ぐぐぐ、ううっ……！」

喉《のど》を押《お》さえながら顔をゆがめる俺たちを、小夜子さんはじっと見つめ、それからすべてを悟《さと》っている、といわんばかりに静かにうなずいた。

「テラジさんに、なにかが——起きているんですよね」

うんうんっと、俺とアチャコは必死でうなずく。

「そうなの。テラッちが……うぐっ」

めずらしく少し低い声で、キヨが俺たちに聞いてくる。

「それには——、黒い蝶が関係してるのか……？」

「え」

俺《おれ》とアチャコは、目を見合わせてから、そう！　とうなずいた。

「おい、キヨ、なんでわかったんだ？　うぐっ……、その、うぐっ……、黒いやつのことは、俺たち言えなかったのに」

キヨとクジョーと小夜子さんは、三人ともしばらく沈黙《ちんもく》した。キヨの坊主頭《ぼうずあたま》に、ポツポツと汗《あせ》が光っているし、クジョーはあきらかに動揺《どうよう》していた。なんだか、急に白髪《しらが》が増えたような——いつもよりもずっと老《ふ》けこんで見える。

んん〜っと、神妙《しんみょう》な顔で、キヨが坊主頭をボリボリかき始めた。

「ねぇ、かかないほうがいいって。赤くなっちゃってるよ」

アチャコにつっこまれ、

「おお？　ああ〜、そうだなあ」

答える声も、なんとなく上の空だ。

休憩処《きゅうけいどころ》全体がそわそわしていて、いつものかねやま本館の空気とは違《ちが》う。これから台風がやってくる日の、あの感じに似ている気がして、俺は不安な気持ちをぬぐうように、窓の外を見た。外の雨も、さっきよりも強くなっている。ざあああ……。強まる雨の音。丸い窓の向こうに、雨粒《あまつぶ》が斜《なな》めに流れていく。

クジョーが淹《い》れてくれたお茶を、まずはみんなで飲んだ。小夜子さんは、湯呑《ゆの》みをテーブルにことんと置くと、背筋を伸《の》ばし、深く息を吸った。そして、

「みんな、まずは落ちつきなさい」

ハッとして、全員が小夜子さんに視線を向ける。なんだか一瞬《いっしゅん》、小夜子さんが銀山《かねやま》先生のように見えた。どっしりとした口調で、小夜子さんは続ける。

「テラジさんになにが起きているか、彼《かれ》を惑《まど》わしているのが何者なのか――そのことは、これからじきにわかることでしょう。ですから、焦《あせ》らなくても大丈夫《だいじょうぶ》です」

わかりましたね？　と、キヨとクジョーに確認《かくにん》するように言ったあと、アチャコ、最後に俺《おれ》へと視線を移す。

「私は、ここに来る子たちを信じています。ですから、なにが起きても恐《おそ》れませんよ」

「でも小夜子さん……うぐっ」

とアチャコが喉《のど》を押《お》さえながら言う。

「大丈夫なんですか？　そのっ……、テラッち……」

小夜子さんは、穏《おだ》やかな、本当に穏やかな笑顔《えがお》で、しっかりとうなずいた。

「大丈夫ですよ、彼は強い。そして彼には――」

小夜子さんが、この場にいるひとりひとりを順番に見つめ、最後に俺《おれ》をしっかりと見つめて言った。

「イッペーさんがいます」

あまりにも揺《ゆ》るがないその言い方に、ドンッと心臓が跳《は》ねた。

「俺が……」

「そうです。イッペーさんとテラジさんは、ここに来る前から親しかったんですよね。元の世界に戻《もど》っても、あなたならテラジさんの居場所がはっきりとわかる。彼《かれ》のそばに行ってください。そして、あなたの手で彼を救うんです」

「でも、でもどうやって――」

「それを考えるためにも、まずは温泉に入りましょう。ゆっくり休まないと、知恵《ちえ》も浮《う》かびませんから」

「お、温泉……？」

俺もアチャコも、えっ、と顔を見合わせた。「でも……」と口ごもる俺たちに、キヨとクジョーも「そうだ、そうだよな、こんなときこそ入るべきなんだ」とうながしてくる。

「そ、そりゃ入りたいけどさ、今それどころじゃないと思うんだけど」

アチャコがそう言う横で、俺《おれ》もうんうんとうなずいた。

テラジ先輩《せんぱい》は、新館にいるんだ。助けだすために、一秒だって無駄《むだ》にしたくない。

だけど、小夜子さんは譲《ゆず》らなかった。

「焦《あせ》りそうなときこそ、落ちつくんです。これからどうするべきか、どうしたいのか、しっかりみんなで話し合いましょう。そのためにも、まずは温泉に浸《つ》かって、お湯から知《ち》恵《え》をもらうんです。さあ、おふたりとも、入館証を出してください。今日、呼ばれたお湯はなんですか？」

「え……」

戸惑《とまど》いながらも、俺とアチャコはそれぞれ入館証を取りだした。

裏返すと、ドキッとするほどの濃《こ》い紺色《こんいろ》で染められていた。まるで、真夜中の空のような、深い紺色。その真ん中に、細い白文字で〈**留紺色**〉と文字が抜《ぬ》かれている。

アチャコが、俺の隣《となり》でつぶやいた。

「私といっしょ……」

「えっ」

見ると、たしかにアチャコの入館証も、まったく同じ色で染められている。

小夜子さんが、俺《おれ》とアチャコの入館証を見比べて、なにかを悟《さと》ったようにゆっくりとうなずいた。

「今日のお湯は、特別です。みんなで入りましょう」

「はあああ!?」

さすがに大声を出してしまった。真っ赤な顔で、首を横に振《ふ》る俺の横で、アチャコも、首が取れるんじゃないかというくらい、俺以上に激しく横に振っている。

「無理無理無理無理！　そんなの絶対無理！」

「そうだよなに言ってるんだよ小夜子さん！　無理に決まってんだろ！」

俺もアチャコに必死で同意する。

小夜子さんは、それでも一切《いっさい》動じない様子で、

「もう一度言います。ふたりとも、落ちついてください。勘違《かんちが》いされていますから」

「勘違い!?」

俺とアチャコが同時に聞き返すと、ええ、と小夜子さんはうなずいた。

「いっしょに浸《つ》かろうといったのは、足湯の話です。そもそも、〈**留紺色の湯**〉は、湯の量が極端《きょくたん》に少なくて、足湯専門の湯なんですよ。当然、湯船の造《つく》りもそうなっています。

私も、キヨちゃんも、クジョーさんもいっしょに入りますから、みんなで足だけ浸《つ》かりませんか？　きっと、ひとりでは得られない経験ができるはずです」

「あ……」

俺《おれ》もアチャコも、拍子抜《ひょうしぬ》けしたように、ぽかんと口を開ける。

「足湯……」

「ああ～～、足湯ね……！」

アチャコが、安心したように、はあ～っと息を吐《は》いた。

「だったら大丈夫《だいじょうぶ》。もう、びっくりしたなあ～～！　もう、小夜子さんてば、最初からそう言ってよ」

ごめんなさい、説明が先でしたね、と微笑《ほほえ》んで、小夜子さんはみんなを玄関《げんかん》へとうながした。

「え、外っすか？」

俺の問いに、ええ、とうなずいて、小夜子さんは草履《ぞうり》を履《は》き、ガラス戸を開けた。

ひんやりとした夜の空気が、俺たちを一気に包みこむ。ついさっきまでは、あんなに強い雨だったのに、いつのまにか雨脚《あまあし》が弱まっている。

霧雨《きりさめ》が森の木々を静かに揺《ゆ》らす音。かねやま本館の室内の灯《あか》りが外にもれて、クスノキまで続く飛び石を、やわらかな橙色《だいだいいろ》で染めている。

「行きましょう。あのクスノキの裏側です」

小夜子さんに続いて、みんな傘《かさ》もささずに飛び石を進んだ。並んで歩く俺《おれ》たちは、家族でもない、友達ともちょっと違《ちが》う――だけど、強い繫《つな》がりのあるひとつのチームだ。そんな気がしてしょうがない。

「呼ばれたときにだけ――必要なときにだけ、**〈留紺色の湯〉**は現れます」

小夜子さんは、まっすぐに前を見つめてつぶやいた。

――今が、そのときです。

〈留紺色の湯〉は、小夜子さんの言ったとおり、クスノキの裏側にたしかに存在していた。

大きなクスノキの陰《かげ》にひっそりとたたずむ、木造の屋根付きの浴槽《よくそう》。アチャコが感心したようにつぶやく。

「……ほんとだ、足湯だ」

湯量が極端《きょくたん》に少なく、どう考えても足しか浸《つ》かれない深さしかない。浴槽《よくそう》の縁《ふち》はベンチのように広くなっていて、そこに俺《おれ》たちは、円を描《えが》くように並んで座《すわ》った。

「すげぇな、これ。墨汁《ぼくじゅう》みたいなお湯じゃん……」

俺は顔をしかめた。足を入れるのに、ちょっと躊躇《ちゅうちょ》してしまうくらい、どろっとした濃紺《のうこん》のお湯だ。

「大丈夫《だいじょうぶ》ですよ。さあ、浸かりましょう」

小夜子さんが、着物の裾《すそ》を持ち上げて、一番に足を入れた。チャポンッと、お湯からわずかに飛沫《しぶき》が立ったので、高級そうな着物にシミがついちゃうんじゃないかと、俺は少し心配になったけど、小夜子さんはまったく気にしていない。

クジョーとキヨは、最初から膝丈《ひざたけ》の甚平《じんべい》を着ているので、問題なさそうだ。ジャージの裾をまくりあげながら、アチャコもじゃぼんっと両足を浸けた。俺も、制服のズボンを膝まで上げて足をお湯に入れる。

少し高めの温度だ。熱い、わずかに重みを感じる濃紺のお湯が、両足を包みこむように覆《おお》っていく。

このお湯は特別。さっき小夜子さんは言っていたけれど、それって、いつもみたいに黒い湯気が出るわけじゃないってことなのか？　なにか別のものが――？

ねぇ小夜子さんと、焦《あせ》って聞こうとしたら、先に小夜子さんが口を開いた。

「いつものような黒い湯気は出ませんが、とにかくお湯を信じて待ちましょう」

一刻も早くテラジ先輩《せんぱい》を助けたいと思う今の状況《じょうきょう》で、それはすごく難しいことだった。

俺《おれ》は、そわそわしてきて、つい不満げに言い返してしまう。

「待つ、って……、そんなのんきなことしてて大丈夫《だいじょうぶ》なんすか」

俺のつぶやきに、「ええ、大丈夫です」と、小夜子さんは力強くうなずいた。

――今は、ただ待つんです。みんなで、テラジさんを想《おも》いながら。

優《やさ》しい声音《こわね》だけど、有無《うむ》を言わさない小夜子さんの雰囲気《ふんいき》に、俺はもうただ黙《だま》って従うしかない。

頭上にある屋根に、さああっと落ちてくる雨音に包まれながら、アチャコもキヨもクジョーも、小さくうなずいた。

待つ。

ただじっと足をお湯に浸《つ》けて、みんな黙って、テラジ先輩を想い、ひたすら。

ひとりだったら、「ああもう、待てねぇよ！」と、お湯から足を引き上げてしまうか、

「早くなんか出てこいよ！」と、お湯を蹴散《けち》らしていたかもしれない。だけど、みんながいっしょになって待っていいる。だから俺《おれ》は、なんとか耐《た》えることができた。

屋根があるとはいえ、背中に雨の飛沫《しぶき》があたり、しっとりと湿《しめ》っていく。

「………」

「………」

「………」

「………」

「………」

五人分の沈黙《ちんもく》。静寂《せいじゃく》に包まれた時間。

脳裏《のうり》に、先輩《せんぱい》の寝顔《ねがお》が浮《う》かんだ。急に不安が襲《おそ》ってくる。

ああ、だめだ、やっぱり。こんなことをしている場合じゃないって……！

立ち上がろうとした瞬間《しゅんかん》、隣《となり》にいたキヨが俺の右手をつかんだ。ハッとして見ると、キヨが額に汗《あせ》をかきながら、俺を見つめている。

「大丈夫《だいじょうぶ》だ、イッペー。信じろ」

キヨの手は、かすかに震《ふる》えてこそいたけれど、信じられないくらい温かくて、声は力強かった。俺《おれ》は、圧倒《あっとう》されるように、浮《う》かした腰《こし》をもう一度下ろす。

「信じよう、イッペーちゃん……」

左側の手を、今度は逆サイドにいたアチャコが握《にぎ》ってくれた。アチャコの手も汗《あせ》ばんでいるけど温かい。温《ぬく》もりが、俺の左手から全身にめぐってくる。

アチャコの手を小夜子さんが、小夜子さんの手をクジョーが、クジョーの手をキヨが。丸く座《すわ》った俺たちは、いつの間にか全員が手を繋《つな》いでいた。

――繋がっている。

激しい、噴《ふ》きあがってはじけるような感情じゃなかった。静かに押《お》し寄《よ》せる、温かくてやわらかい波。それが、焦《あせ》ってパニックになりそうだった俺の心を、優《やさ》しく覆《おお》い始《はじ》める。

安心感が、心の隅々《すみずみ》まで満ちていく。緊張《きんちょう》して力が入りまくっていた心と体が、ゆっくりと溶《と》けていくのを、ああ……、俺は今、ありありと実感している。

（お願い。テラッちを助けて……！）

ハッとして、俺は顔を上げた。アチャコの声が、胸に直接響《ひび》いてくる。顔を見ると、アチャコはぎゅっと目を閉じて、口もかたく閉じられている。

（テラッちを、どうかどうか……！）

声を発しているわけじゃない。だけど、たしかにアチャコの願いが、俺《おれ》の胸に伝わってくる。

聞こえる！　心の叫《さけ》びが、聞こえてきている……！

驚《おどろ》いて声をあげようとした瞬間《しゅんかん》。

（テラジさん）

（テラジ！）

（テラジくん……！）

小夜子さんとキヨ、クジョーの声も、胸にドンッと強く響《ひび》いてきた。どうやらアチャコにも、みんなの心の声が聞こえたようだ。「え！」と顔を上げ、驚いたように目を丸くする。

「ねぇ、すごい……！　みんなの声が、心の中に聞こえてくるんだけど！」

「だよなアチャコ！　俺にも聞こえる！」

興奮して顔を見合わせる俺たちに、小夜子さんとキヨとクジョーが、わかっているよ、と言うように、たがいにうなずきながら微笑《ほほえ》んだ。

「言ったでしょう？　このお湯は、特別なんです」

小夜子さんが教えてくれる。

「おたがいの祈《いの》りが、溶《と》け合《あ》うお湯。ひとりじゃ難しくても、ふたり、三人、四人……みんなで心を合わせれば、お湯が、たしかに道を示してくれるんです」

さあ、と小夜子さんがひとりひとりを順番に見つめた。

「テラジさんのことを想《おも》いながら、今しばらく、みんなで待ちましょう」

みんな、静かにうなずいた。

手を繋《つな》ぎながら、再び、それぞれ無言でお湯を見つめる。

額に汗《あせ》がにじんだ。誰《だれ》かを本気で想うってことが、まさかこんなにも体力を使うとは思わなかった。

俺《おれ》は、握《にぎ》り合《あ》った両手に、いっそう強く力をこめた。

テラジ先輩《せんぱい》……！

想えば想うほど、先輩の爽《さわ》やかな笑顔《えがお》が、次々と胸にせまってくる。

（**おまえさ、格闘技《かくとうぎ》、興味ない？**）

荒《あ》れていた俺に、もはや誰も声なんてかけなくなっていたのに、先輩だけは違《ちが》った。明るく声をかけてくれた。家に呼んでくれて、並んでいっしょに、試合動画を観たあの日。

試合にあまりにも感動して、思わず泣いてしまった俺《おれ》のことも、先輩《せんぱい》はばかにしたり、引いたりしなかった。おまえ最高だなって、笑いながらティッシュを取ってくれた。同じものを好きになってくれてうれしいわって、優《やさ》しく目を細めて。

いっしょにカズ兄《にい》の炒飯《チャーハン》を食べて、おたがいの好きな選手の話で盛り上がって、あの選手のここが好きだとか、飽《あ》きることなく話しつづけた日々。自分が試合に出れないとわかってからも、先輩は俺にたくさんのアドバイスをくれた。対戦相手のことを調べてくれたり、本当に本当に親身になってくれた。

やっと、今頃《いまごろ》になって気づいた。ずっと、ひとりでがんばってきた、自分だけが戦ってきた、そう思っていたけれど、そうじゃない。俺の隣《となり》にはいつだって、先輩がいてくれたんだ。だからこそ、今日までがんばってこられた。

俺が優勝した日。試合終了《しあいしゅうりょう》のゴングが鳴った瞬間《しゅんかん》だってそうだ。一番に目に入ったのは、飛《と》び跳《は》ねて喜んでくれた先輩の姿だったじゃないか——。

どの瞬間の先輩も、どうしようもなく、ああ、どうしようもなく愛《いと》おしい。

俺はやっぱり、先輩が好きだ。先輩にだけは、とにかく幸せでいてほしい。

気持ちが、もうあふれて止まらない。声をあげて泣きそうになって、必死になって唇《くちびる》をかむ。

眉根《まゆね》を寄せ、みんな自然と目をつむっていた。お湯に向かって、真剣《しんけん》な表情で祈《いの》りつづけるそれぞれの声が、俺《おれ》の心に電流のように流れこんでくる。

（いいかい？）

重なるように、銀山先生の言葉が思いだされた。

（もっと、『今』を、しっかり見つめてごらん）

（そうすれば、大事なことがわかってくる）

ああ、先生、本当だわ。その言葉こそ、真実だったよ。

過去でも未来でもなく、どんなときも「今」という瞬間《しゅんかん》にこそ、答えはあるんだよな。

俺は今。ひとりじゃない。右手と左手を、しっかり握《にぎ》ってくれている人たちがいる。そして今、ここにいるみんなが、願うことはただひとつ。

テラジ先輩《せんぱい》を救いたい。絶対に絶対に――救いたい！

なあ、なあ先輩。

心の中で呼びかける。

俺も――、きっと先輩もそうだったんですよね？　勝ち組にならないと、成功しないと、自分は愛されないんだって、そう思ってましたよね。

でも、俺《おれ》らがまちがってましたよ。だって、そうでしょう？　じゃあ、今この瞬間、ここに生まれている、この熱いものの正体は、なんすか？

俺も先輩《せんぱい》も、まだなんにも成《な》し遂《と》げていない、ただの、子ども。ただの、中学生なのに。

なのに、ほら、俺たちはもうすっかり愛されてるじゃないすか。こんなにどうしようもなく、大事に大事に思われているじゃないっすか。

だから、だからね先輩。幻《まぼろし》なんかにたよらなくていいんです。安心して、現実の世界に戻《もど》ってきて大丈夫《だいじょうぶ》ですから。

みんなみんな。先輩のことを、ちゃんと待ってますから——……！

沈黙《ちんもく》を破るように、横にいるアチャコから洟《はな》をすする音がした。ハッとして目を開けると、アチャコのうつむいている横顔から、涙《なみだ》が一筋流れている。

「……大丈夫か？」

俺が聞くと、

「……うん、ごめん大丈夫。イッペーちゃんの祈《いの》りが、胸に響《ひび》きすぎただけ」

へへっと笑いながら、アチャコがまた洟《はな》をすすって顔を上げた。

「このお湯、すごいね。私、今、めちゃくちゃ胸が温かいよ。今まで感じたことないくらい満たされてる。なんかもう、胸がいっぱい……」

「……わかる。俺《おれ》もだ」

うなずき合う俺たちに、小夜子さんとキヨとクジョーが、どこまでも温かい視線を向けてくれる。その眼差《まなざ》しを感じて、アチャコが、俺の手をぎゅうっと、強く握《にぎ》る。

ああ、テラジ先輩《せんぱい》、信じてくれますか？

俺たちの内側に、こうして広がっていく、この温かい気持ち。これがほら、なによりの証拠《しょうこ》っすよ。これが、これが————……！

ボコッ。

足湯の円の中心に、大きな気泡《きほう》が浮《う》かんだ。

「あっ……！」

さっき黒い湯気は出ないって、小夜子さんがそう言っていたはずなのに————。

バチンッと、大きな音を立てて、はじけた気泡から、今までになく巨大《きょだい》な黒い湯気が立ち上っていく。

小夜子さんがさっき言っていたことが、ああ、こういうことか、とリアルになる。

いつものような、ひとりずつの黒い湯気は出ない。だけど、そうか。ひとりでは得られない経験――全員の心が合わさった黒い湯気だったら出るのか。

胸が苦しいくらい熱くなる。心臓が早鐘《はやがね》のように鳴りだす。

ここから、なにが起きるんだろう。いったい、なにが現れるんだ――――？

呼吸をするのも忘れていた。ただひたすら、祈《いの》るような気持ちで前を向く。

安心感に満ちたとはいえ、やっぱり恐《おそ》れは――ゼロじゃない。

だけど、ひとりじゃない。こうしてみんながそばにいる。だからしっかり向き合いたい。恐れに、負けずに。

俺《おれ》は、これでもかと目を見開いて、立ち上る黒い湯気をにらむように見つめた。みんな同じだった。湯気がどうなるか、五人全員が息をのんで見つめている。

湯気はあれよあれよと人型になり、屋根の内側まで頭部がつきそうなほど巨大化《きょだいか》して、ついに、くっきりと姿を現した。

「あ……！」

人影《ひとかげ》になったそれは、黒いバスローブを着たテラジ先輩《せんぱい》だった。

ああ、あのバスローブは、かねやま新館のものだ。

しかも――、とろんと眠《ねむ》そうな顔をしている先輩の肩《かた》に、あの、あのガラスの蝶《ちょう》が留まっている――――！

「テラジ先輩……！」

俺《おれ》が呼びかけるのとほぼ同時に、

「テラッち！」「テラジさん」「テラジ！」「テラジくん！」

アチャコや小夜子さんたちも、いっせいに呼びかけた。

蝶が、俺たちの声に反応するように、ぎらりと異様に輝《かがや》いた――かと思うと、あっという間に、姿が変わった。

蝶の模様の着物を着た――華世子《かよこ》の姿に。

「か、華世子じゃねぇか……！」

キヨが目をひんむきながら声をあげたのとほぼ同時に、湯気がうねり始めた。テラジ先輩も華世子も、小さな竜巻《たつまき》のように回転して――消えた。

「き、キヨさん……！」

クジョーがキヨの肩《かた》をつかんだ。

「今の湯気の、あの方を知っているんですか……!?」

小夜子さんとキヨが、目を見合わせた。小夜子さんがうなずいたのを合図に、キヨが、ごくりと唾《つば》を飲みこんでうなずく。

「知ってる。よ～く、知ってる。小夜子さんの幼なじみだからよぉ……」

「お、幼なじみ……!?」

クジョーは、すっとんきょうな声を上げたけど、俺《おれ》も――たぶんアチャコも華世子から聞いていたんだろう、特に驚《おどろ》きはしなかった。

やっぱりそうか。ふたりは幼なじみだった。

「私と彼女《かのじょ》の関係は――」

小夜子さんが口を開いた。みんながいっせいに小夜子さんに視線を向ける。

「……いえ、今はさほど重要なことではありません。大事なのは、彼女が黒い蝶《ちょう》の力を使って、テラジくんの心をとらえてしまっている――その事実です」

「そうなの!」

アチャコが、興奮気味に叫《さけ》んだ。

「私とイッペーちゃんは、それを伝えたかったの!」

「そうなんだよ！」

俺も、激しく同意する。

胸が熱くなっていた。どうしてもしゃべれない俺《おれ》たちに代わって、このお湯が――この、**〈留紺色の湯〉**が、湯気を通して見せてくれたんだとしか思えなかった。

クジョーと、その隣《となり》でキヨも、おもいきり眉根《まゆね》を寄せて、ごくりと唾《つば》を飲む。

小夜子さんだけが、顔色を少しも変えない。ただじっと、俺とアチャコを見つめてから、少し間を置いてつぶやいた。

「やはり――そうでしたか」

「やはり……って小夜子さん、なんか知ってたんすか!? あの、うぐっ……、あれのこと！」

俺の問いかけに、小夜子さんは、はっきりとうなずいた。

「ええ。私たちも、あの黒い蝶《ちょう》がなにかをたくらんでいることは感じていました……。まさか、華世子ちゃんが関わっているとは思いもよりませんでしたが」

俺は、少しだけホッとした。小夜子さんには、俺たちとは違《ちが》い、なんの呪《のろ》いもかかっていないようだ。だからこそ、「黒い蝶《ちょう》」という単語も、「華世子」という名前も、はっきりと口にできたのだろう。

「っていうか、あんなやつに、〝ちゃん付け〟なんかしなくていいし！」

アチャコが頬《ほお》をふくらますと、小夜子さんは「幼なじみですから」とかすかに笑った。

その悲しげな表情から、華世子とのあいだに、俺《おれ》たちは知り得ない「なにか」があるような、そんな雰囲気《ふんいき》をわずかに感じたけれど、今はそこをつっこんでいる余裕《よゆう》はない。

俺は立ち上がった。

「小夜子さん！」

足湯の中をザバザバ歩き、小夜子さんの前に立つ。

「それで結局、俺はテラジ先輩《せんぱい》を、どうすれば助けられるんすか……？」

小夜子さんは、じっと俺の目を見つめて、はっきりと答えた。

「わかりません」

「え……!?」

「でも、大丈夫《だいじょうぶ》です。あなたはかならず、その方法を見つけられるはずです。信じましょう」

「そんな……！」

あぜんとする俺《おれ》の前で、小夜子さんはいつの間に持っていたんだろう、着物の胸元《むなもと》からするりと細い手ぬぐいを取りだすと、静かにお湯に浸《ひた》した。

ポチャ……。

白い布が、一瞬《いっしゅん》にして墨《すみ》のように濃《こ》く染まる。

それを、素早《すばや》く引き上げたかと思うと、濡《ぬ》れた手ぬぐいを軽く絞《しぼ》り、小夜子さんはそっと俺に手渡《てわた》した。

「どうぞ」

お湯の色に染まった手ぬぐいに、まばゆいほどの白い文字が浮《う》かびあがっている。

留紺色の湯　効能：勇気

「勇気……」

文字を読んだだけで、もう、胸が詰《つ》まって声が震《ふる》えた。

ああ、そうか。そうだったのか。このお湯の効能は——**勇気**。

今、俺の足が浸《つ》かっているお湯に、小夜子さんと、キヨと、クジョーと、アチャコの足も浸《つ》かっている。みんなの思いが、足裏から染《し》みこんで、俺《おれ》の胸までかけあがってくる。

「イッペーさん」

深い深い紺色《こんいろ》のお湯に視線を落として、小夜子さんが俺に呼びかけた。

「この、留紺という色は、もうこれ以上濃くは染められない、という限界の紺色なんです。冬の静かな夜の、光がどこにもない、いちばんいちばん深い時間帯の空の色」

「いちばん、暗い……」

繰《く》り返《かえ》す俺に、ええ、と小夜子さんがゆっくりとうなずく。

「だからこそ、もう、この次に待っているのは、夜明けしかないんです。これ以上、暗くなることはない。あとはもう、夜が明けるのを待つだけ。つまりこの色は——」

——希望の、色なんです。

「希望の……」

テラジ先輩《せんぱい》は今、たしかにいちばん深い暗闇《くらやみ》にいる。だけど、そうか。あとは夜明けを待つだけなんだ。

そして、そのきっかけを作るのは——俺だ。

先輩が、俺を暗闇から引き上げてくれたように、今度は俺が、先輩を引き上げる。元気を与《あた》えるとか、与えられるとか、どっちがどうとかそんなんじゃなくて、おたがいに、支え合う。それだけ。

「安心してください。イッペーさんはひとりで戦うわけではありませんよ」

「えっ、でもさっき、小夜子さん言ってたっすよね？　俺《おれ》の手でテラジ先輩《せんぱい》を救うんだって……」

「ええ、そうです。現実的に行動するのはイッペーさんです。でも、このお湯で、私たちはおたがいの想《おも》いを共有しましたよね？」

だから、と小夜子さんは表情を引《ひ》き締《し》めた。

「あなたは絶対にひとりではありません。みんなでいっしょに立ち向かうんです。大丈《だいじょう》夫《ぶ》、あなたの心にはもう、私たちの勇気がちゃんと染《し》みこんでいます」

——みんなの、勇気。

俺は、ゆっくりと自分の胸に手をあてた。

うまく説明はできない。でも、小夜子さんが言うことに、たしかな実感があった。お湯に浸《つ》かる前よりずっと、心が落ちついている。しっかりと根を張っているような、安心感に満ち満ちている。

「さあ」

小夜子さんが、ザバッと足を引き上げた。

「急ぎましょう。もうすぐ、イッペーさんとアチャコさんの鐘《かね》が鳴ってしまいます。みなさん、休憩処《きゅうけいどころ》へ」

しっかりとした足取りの小夜子さんについていく。

――ひとりじゃない、みんないっしょだ。

俺《おれ》たちは再び、中へと戻《もど》った。

効能

「さあ、食べてください」

腹が減っては戦《いくさ》はできぬ、とばかりに、小夜子《さよこ》さんは時間切れの直前、大急ぎでおにぎりを用意してくれた。

こんな状況《じょうきょう》で、喉《のど》も通らないかと思ったけれど、うながされて食べた塩おにぎりは、やっぱり、ああ、ものすごくおいしい。塩とお米の甘《あま》みが沁《し》みて、胃に、灯《あか》りがともる。

「おいしいなあ、アチャコ……」

「うん、めちゃくちゃおいしいねぇ、イッペーちゃん……」

泣きそうになりながら、かみしめるようにおにぎりを食《く》らう俺《おれ》たちを、小夜子さんとキヨとクジョーが、どこまでも温かい眼差《まなざ》しで見つめている。

「イッペーさん」

小夜子さんが、俺《おれ》に声をかけた。

「前に、イッペーさんはおっしゃいましたね？　人間は、勝ち負けの二種類なんだ、って」

「ああ……」

今となっては、そんなことを言ったことが恥《は》ずかしい。それに、それをしゃべったのは、銀山《かねやま》先生にだったような気がしたけど、記憶違《きおくちが》いだろうか。俺は、とりあえずうなずく。

「私も、世の中には、二種類の人間がいると思います」

小夜子さんの言葉に、俺もアチャコも「え？」と、眉根《まゆね》を寄せる。

「人の持つ、本当の魅力《みりょく》を見出《みいだ》せる人と――それに気づけない人。その二種類です」

「本当の魅力……」

俺のつぶやきに、ええ、と小夜子さんはうなずく。

「この塩おにぎりを――なんの具も入っていないこのおにぎりを、ただただおいしいと思えるのは、イッペーさんが、アチャコさんが、そう感じられる人間だということです。このお米がどこの産地のもので、誰《だれ》が握《にぎ》って、どんな塩を使って、だからおいしいんだ、なんて思わずに召《め》し上《あ》がっていたでしょう？　人間もいっしょです。心の目を開けるかどうかで、幸せの基準は変わる。視野が広ければ広いほど、それだけ多くの喜びに出合えるはずです」

　イッペーさん、と小夜子さんが優《やさ》しく俺《おれ》に呼びかける。

「あなたはテラジさんを、格闘技《かくとうぎ》の知識が豊富だから、好きになったわけじゃないですよね？」

「も、もちろんっすよ！」

　俺は、テラジ先輩《せんぱい》が、ただそのまんまの寺嶋茂樹《てらじましげき》だから、ただそれだけで好きなんだ。先輩がなにができようが、なにもできなかろうが、関係ない。俺は、先輩そのものが、ただただ大好きなだけで――。

　小夜子さんが、俺の右手とアチャコの左手を、同時にそっと握《にぎ》る。それから、俺たちの手を重ねるようにして、自分の両手で包みこんだ。

「その気持ちがあれば大丈夫《だいじょうぶ》です。テラジさんを救う方法を、あなたは見つけられる」

　そうだよな！　とキヨも立ち上がった。俺とアチャコ、そして小夜子さんの手の上に、小さな自分の手を重ねる。

「オレとしたことが、さっきはちょっとばかり動揺《どうよう》しちまったけど、そうなんだよな！ おめぇらは、ここに来て、ちゃんと温泉に浸《つ》かったろ？ もうちゃんと、お湯がおめぇらの肌《はだ》に、心にしっかり染《し》みこんでる。テラジも同じだ、大丈夫《だいじょうぶ》だ。絶対に大丈夫なんだ」

「そうです。なんにも恐《おそ》れることはありません」

小夜子さんはうなずきながら、「ただし」と続ける。

「かねやま本館のお湯の効果には、ひとつだけ条件があるんです。それは、あなたたち自身が、あなたたちの明日を信じること。昨日と今日が、たとえどんなに苦しくても、かならず夜が明ける、明日には光が差す瞬間《しゅんかん》が来ると信じる。それさえできれば、かならず、かならず抜《ぬ》けだせます。たとえ、理解できない力が働いて、あなたたちを暗い方向に迷わせようとしたとしても」

小夜子さんの強い眼差《まなざ》しを、俺《おれ》は真正面から受け止めた。ごくりと唾《つば》を飲みこみ、はっきりと答える。

「信じます。俺、絶対に諦《あきら》めない」

少しも声が震《ふる》えなかったことに、自分でも驚《おどろ》いた。クジョーが俺を見つめ、「たくましい」と感心するようにつぶやいて立ち上がった。

「俺《おれ》も信じるぞ。イッペーくんは、かならずテラジくんを救える」

クジョーの、大きな手が重なる。

「私も信じる。イッペーちゃんならできる！」

アチャコが、涙《なみだ》を目にいっぱいためながら叫《さけ》ぶ。

「っていうか、私もどうにかして、なにかできないか必死で考えるから！　待ってて！」

「——わかった」

俺は、力強くうなずいて、大きく大きく息を吸った。

みんなは、俺に想《おも》いを託《たく》してくれたんだ。だからこそ、俺はひとりじゃない。

「絶対に」

俺たちが、テラジ先輩《せんぱい》を救う———。

ゴォォォォン

もう迷わない。俺は、すぐにベッドから立ち上がった。

「先生。俺、絶対に助けるから」

横に立っていた銀山先生が、すかさず俺《おれ》の両肩《りょうかた》を、がしっとつかむ。

「――頼《たの》んだよ」

威厳《いげん》のある声で言われたとたん、またさらに、心強さが増した。こんなにたくましい先生が、俺に「頼んだ」。大丈夫《だいじょうぶ》だと信じているから、託《たく》されたんだ。

「いいかい？　あたしらは、あんたたちのいる世界に行って、あの子を直接助けることはできない。だけど、なんにもできないわけじゃないんだ。あんたを通して――あたしらは動く。つまりね、見えなくても、あんたをずっと支えているってことさ。いつだって全力でね。そのことを忘れるんじゃないよ、わかったね？」

「わかった」

「パニックになりそうになったらとにかく深呼吸だよ。焦《あせ》りそうになったらまずは――」

「落ちつくこと。そうだよな？」

食い気味に答えた俺に、ああそうだ、と銀山先生が目を細める。

「どんなときも、みんながあんたのそばにいる。絶対にひとりじゃないってことを忘れるんじゃないよ」

「わかってる」

「よし。じゃあ行きな」

ぶ厚くて熱い手で、ぼんっと背中をたたかれて、俺《おれ》は第二保健室を飛びだした。

もう振《ふ》りむかない。背中を押《お》された勢いのまま、雪の中にかけだしていく。ふと、小夜子さんに言ったことが銀山先生に筒抜《つつぬ》けで、その逆もあることに気づいたけど、今は、深く考えている暇《ひま》はない。

こぶしをぎゅっと強く握《にぎ》る。

とにかくみんなで――先輩《せんぱい》を助ける。

決意

とはいえ、じゃあどうすればいいか。方法なんてわからなかった。

俺《おれ》は、ひたすら考えた。

夢の世界に魅了《みりょう》されてるとはいえ、トイレや食事だってするだろうし、いくらなんでも二十四時間寝《ね》ているわけじゃないはずだ。だったら、起きているタイミングを見計らって、

「先輩《せんぱい》～～！　寝るよりも、俺と話すほうが楽しいっすよ～～」

って、ひたすらアピールするのはどうだろう。……いや、微妙《びみょう》か。つうかそんなんで解決するんだったら、最初から新館なんか選んでないはずだしな。

「わっかんねぇ……！」

でも、不思議と不安にはならなかった。俺は、これからきっと方法を見つけられる。俺

を信じて託《たく》してくれたみんなの想《おも》いが、俺《おれ》の心を、ちゃんと強めてくれている。

とにもかくにも——まずは先輩《せんぱい》に会いに行こう。

俺は、授業をサボって、さっそく寺嶋家《てらじまけ》へと直行した。

あと数十メートルというところで、前方から来た車に、ププッとクラクションを鳴らされた。音にびっくりして、俺はびくんと立ち止まる。

「一平《いっぺい》」

運転席の窓が開いて、顔を出したのは古馬《こば》さんだった。

「古馬さん……！」

「そんな必死で走って、どこ行くんだ？　おまえんち、逆方向だろ？」

「いや、その……」

俺は上がった息を整えながら、道の向こうに小さく見える寺嶋家を指さした。

「先輩が心配で、会いに行こうかと」

ああなんだ、俺といっしょじゃねぇか、と古馬さんは笑った。

「俺も心配でさ、たった今、茂樹《しげき》の様子見に行ったんだよ。でも、なんか調子悪いみたいだな。インターフォン越《ご》しにちょっとしゃべったけど、眠《ねむ》そうな声だったよ。ちょっと顔だけでも出せよって言ったんだけど、今度にしてくださいって言われちゃってな」

古馬さんは、まいったな、と少し目線を落とした。

「茂樹のことだから、まあなんかひとりで抱《かか》えこんでんだろうなぁとは思うけど。ほらあいつって、ああ見えてけっこう気を張っちゃうタイプだろ？　落ちついているように見えるけど、実は自分の気持ちを殺して、がんばりすぎちゃうっていうかさ」

「え……」

「そんな無理せず、きついですって、本音を吐《は》きだしていいんだけどな。そんなことで、俺《おれ》も一平も、あいつを嫌《きら》いになったりしないだろ？　もっと安心して、頼《たよ》っていいのに」

「古馬さん……」

胸が熱くなった。

古馬さんは、テラジ先輩《せんぱい》をよく理解していた。俺が気づけなかったようなところまで、ちゃんとわかっていたんだ。

「……俺はなぁ、一平」

少しためらいがちに、古馬さんはつぶやいた。

「茂樹がこのままジムをやめても、最悪、格闘技自体《かくとうぎじたい》をやめてもいいと思ってるんだ」

「えっ……、なんでっすか！」

「それもひとつの選択《せんたく》だろ。俺《おれ》は止めない。だけどな、たとえジムをやめようと、これからもずっと、茂樹のことを気にはするぞ。ちゃんとやってっか、飯食ってるか、おせっかいだろうけど、今日みたいに確認《かくにん》しに行くつもりだから」

うざいコーチだろう～？　と、古馬さんが笑う。

目尻《めじり》に寄ったシワに、俺の胸がさらに熱くなる。

「まあぶっちゃけ、俺だってよ」

古馬さんは、ちょっとだけ恥《は》ずかしそうに目を細める。

「若い頃《ころ》は、選手として生きていくっていう道しか考えてなかった人間なんだよ。でも今は、コーチをやって、めちゃくちゃ生きがいを感じてる。だから——まあなんつうかな、茂樹にもそうだし、一平にも言いたいのは、やりたいって思ってるうちは全力でがんばれ。成功したり失敗したり、喜んだり苦しんだりしながら、行けるとこまで行けばいい。それで、最終的に失敗で終わって、やっぱり違《ちが》う道を選ぶことになったって、大丈夫《だいじょうぶ》だから。そのときも、俺が全力で支えてやる。だから、なんにも心配しないで、おまえらは今は、挑戦《ちょうせん》しつづけろ」

な、わかったな？

窓から手を伸《の》ばして、古馬さんは励《はげ》ますように俺《おれ》の腕《うで》を軽くたたいた。

その瞬間《しゅんかん》、「あ」と思った。ああ、そうか。そうだったのか……？

もしかしたら古馬さんは、テラジ先輩《せんぱい》のことだけじゃなく、俺の気持ちにも気づいていた……？

負けたらどうしよう。負けたらオワリだ。

そんなふうに「恐《おそ》れ」に支配されて、疲《つか》れきっていた俺に、古馬さんも、とっくに気づいていたのかもしれない。

——失敗しても大丈夫《だいじょうぶ》だから。俺が支えてやるから。

古馬さんの気持ちが、まるで熱いお湯みたいに伝わってくる。

（成功したり失敗したり、喜んだり苦しんだりしながら、行けるところまで行けばいい）

そっか、そうだよな。勝つ日も負ける日もあるし、いいときも悪いときもある。

湯冷めしちゃうときだってあるんだ。それも、全然あたりまえのことで。

でも、なにがあったとしても、終わらない。たとえ負けても、俺は終わらない。

だって俺には、なにがあっても味方をしてくれる人たちが——ちゃんといる。

そのことを、かねやま本館が教えてくれたんだ。

鼻がツンとした。涙《なみだ》が出そうになるのを必死で堪《こら》える。

母親に置いていかれて、俺《おれ》の心には、大きな穴が空いた。

傷つきすぎて、あまりにもその穴が深すぎて、これはもう永久に埋《う》まらないと思った。

だけど、俺はまだ、たったの中学生。まだ途中。

明日を決めつけるのは、完全な「早とちり」だった。


葉《よう》ちゃんやじいちゃんばあちゃん、テラジ先輩《せんぱい》やカズ兄《にい》や親父《おやじ》さん、古馬さんや、かねやま本館の人たち、もちろんアチャコも――、みんなと出会って、少しずつ、本当に少しずつ、その穴が埋められていったことを、今やっと実感する。

勝とうが負けようが、フォロワーが減ろうが、そんなの関係ない。関係なく愛してくれる人たちが、ちゃんと、ちゃんとここにいる。

「ああもう、古馬さんってば～～～っ！」

感情が爆発《ばくはつ》しそうだったので、俺はわざとふざけた声を出した。

泣かすこと言うのやめてくださいよ～、と肩《かた》をパンチするフリをすると、がはは っ、と古馬さんが豪快《ごうかい》に笑った。

古馬さんは、俺《おれ》のこともテラジ先輩《せんぱい》のことも、能力があるから大事に思ってるわけじゃない。ただただ、満山《まんざん》一平そのものが、寺嶋茂樹そのものがかわいいんだ。

——じゃあな、一平。おまえは、茂樹とゆっくり話せるといいな。

古馬さんはそう言って、去っていった。小さくなっていく車を見送って、俺はまた走りだす。


伝えなきゃ、先輩に。

愛されてたよ。

幻《まぼろし》なんかにたよらなくても、俺らはもう、ちゃんと愛されてる。


門から中に入ろうとしたら、ちょうど玄関前《げんかんまえ》に親父《おやじ》さんが立っていた。

「おお〜、一平。また来たのかあ。俺も今、仕事帰りよ」

手には、ビニール袋《ぶくろ》。もうさっそく、飲む気満々のようで、缶《かん》ビールやら日本酒やら、大量の酒とツマミが山ほど入っている。

「茂樹あいつ、学校も行かずに寝《ね》てばっかだぞ。飯と便所のとき以外は、ずうっと寝てんじゃねぇのか。ほんっと、しょうがねぇよなあ。俺《おれ》みたいになっちゃうよ、ってなあ」

ヒャヒャッと笑いながら、親父《おやじ》さんが玄関《げんかん》を開けた。

一平が来たぞ～、と中に声をかけるけど、声は返ってこない。

「どーせ、寝《ね》てんだろ。起こしてやってくれぃ」

親父さんは、ビニール袋《ぶくろ》を俺に渡《わた》して、

「ごめん、これ、冷蔵庫入れといてくれ」

そう言うと、のそのそとトイレに行ってしまった。

ふう、と鼻から息を吐《は》いて、俺は、ダウンジャケットを着たまま、とりあえずリビングの扉《とびら》を開ける。

あいかわらず散らかり放題の部屋のソファーで、テラジ先輩《せんぱい》が寝ている。

ざあああ、という波の音。

キャハハハ……！　とはじけるような子どもの笑い声が耳に入る。

「あ………」

どうやら、先輩はテレビを見たまま寝てしまったようだ。つけっぱなしの画面から、少し古めの映像が流れていた。ホームビデオのようで、右下に日付が入っている。

「オカーシャーン」

無邪気《むじゃき》に母親を呼ぶ小さな男の子が、画面に映った。母親の白いスカートにしがみつきながら、頰《ほお》を赤くして無邪気に笑っているのは、三歳《さい》くらいのテラジ先輩《せんぱい》だ。

「ニーチャーン！」

呼ばれて、**「なんだよシゲ〜」**と小さな弟にかけよってきた背の高い少年は、ああ、カズ兄だ。カメラを向けられていることに気がつくと、まだあどけなさの残る表情で、**「いえーい」**と画面に向かってピースサインをした。

「つうか父ちゃん、俺《おれ》もビデオ撮《と》りたい。貸してくれ」

そう言って、若いカズ兄が近づいてくる。

「おおいっ、やめろってカズ〜、このキャメラ高いんだからよぉ」と、親父《おやじ》さんの声。

「キャメラっていうなキャメラって！」

カズ兄がそうつっこんで、ぎゃははは、と笑い声と共に、画面がぐらつく。青い空、輝《かがや》く砂浜《すなはま》、笑っている家族が、ぐるりと一回転して、プツッ……。映像は終わった。

しばらくして、今度は動物園に来ている映像が始まる。

「シゲちゃん、ほら、キリンさんがいるよ」

「こわい～」

「怖《こわ》くない怖くない。ねぇ～、父ちゃん、シゲが泣いてる、怖いって」

「いくらなんでも泣きすぎだろぉ、シゲは、怖がりだなあ～」

四人家族だった頃《ころ》の寺嶋家。

あまりにも幸せなその映像に、俺《おれ》は立《た》ち尽《つ》くしたまま動けなくなってしまった。すやすやとソファーで寝《ね》ているテラジ先輩《せんぱい》の足元には、「ファミリー」と書かれたＤＶＤケースが転がっている。

ヒャヒャヒャッという親父《おやじ》さんの笑い声が、この頃《ころ》は今より若い。にぎやかな家族の会話が、静かなリビングを埋《う》め尽《つ》くす。

このゴミだらけの汚《きたな》い部屋で——これを、これをひとりで見てたのか。

「先輩……」

先輩の寝顔《ねがお》は、あまりにも安らかだ。だからこそ、俺はあまりの切なさに、また胸が張《は》り裂《さ》けそうになった。

トイレから、親父さんが戻《もど》ってきた。だらしなく、ズボンの腰《こし》をたくりあげながら、動画に気づいて笑いだす。

「茂樹のやつ〜〜、こんなもん見てたのかよぉ」

センチメンタルボーイだなあ、と言いながら、親父《おやじ》さんは目を細めてテレビを見つめる。

「ああ、あったなあ、こんなこと。東京住んでた頃《ころ》な、そうそう、ヒャハハッ、ここでよぉ、茂樹がビビってチビっちまってよぉ〜〜、いっそいで、パンツ買いに上野《うえの》のアメ横《よこ》まで走ってさあ〜〜」

そこまで言うと、親父さんは、ふっと少しだけ黙《だま》って、「おお、サンキュな」と、俺《おれ》が持っていたビニール袋《ぶくろ》を受け取った。中からがさごそと缶《かん》ビールを出す。

プシュッとプルタブを開け、すぐにグビッと飲んでから、親父さんはまた、テレビに視線を向けた。

「あ〜〜あ、この頃はよかったなあ〜〜」

は〜〜、と震《ふる》えるように息を吐《は》きながら、またグビッとビールに口をつける。

「おい……！」俺の拳《こぶし》が震えた。

「おい、親父……！」

思わず、缶ビールをおもいっきりたたいていた。バシンッと、激しい音がして、缶が床《ゆか》に落ちる。大量のビールが床にぶちまかれ、親父《おやじ》さんの足元にみるみる広がっていく。

「おお～～い、一平、なにすんだよぉ。もったいねぇなぁ」

「頼《たの》むから！」俺《おれ》はついに叫《さけ》んだ。

「頼むから、もっとしっかりしてくれよ！」

しばらく無言になったあと、親父さんは、はは、と力なく笑った。

「そうだよなあ。一平の言うとおりだなあ。俺はほんと、だめだよなあ～～」

ごめんなあしょうもねぇ大人で。俺の肩《かた》を軽くたたきながら、

「ええっと、雑巾《ぞうきん》雑巾～～」

親父さんは食器棚《しょっきだな》のほうへと向かった。その背中の後ろに、ぴったりと張りつくように
飛んでいたのは、ああ――。

ガラスの蝶《ちょう》。

「こいつ……！」

蝶を捕《つか》まえようと手を伸《の》ばした瞬間《しゅんかん》、ずるっ……と、親父さんが棚《たな》に寄りかかるように
してしゃがみこんだ。そのまま、コクン、とうつむく。

「ああっ……！」

親父《おやじ》さんは、もう寝《ね》ていた。すぐに、ズゴォォ……というイビキが鼻から響《ひび》いてくる。

「なんで、なんでだよっ……！」

うなりながら、俺《おれ》は、地団駄《じだんだ》を踏《ふ》んだ。

おかしい。親父さんまでこんなすぐ寝《ね》てしまうなんて、絶対におかしい。変な力が働いている。あの憎《にく》らしいガラスの蝶《ちょう》が、テラジ先輩《せんぱい》だけじゃなく、この家のリビングを——いや、家すべてを、すっかり覆《おお》ってしまったとしか思えない。

もしかして、このままずっと、みんな眠《ねむ》ったままだったりしないよな……？

ゾッとして叫《さけ》びそうになりながら、俺は、ソファーで寝ているテラジ先輩にかけよった。

「先輩、やだよ、なあ、起きて」

声をかけても、やっぱり起きない。

「どうすればいいんだよっ……！」

パニックになりかけた瞬間《しゅんかん》、銀山《かねやま》先生の言葉を思いだした。

（パニックになりそうになったらとにかく深呼吸だよ）

そうだ、深呼吸だ。俺は、両手を自分の胸にあてて、ふうっと深く息を吸った。

この俺《おれ》の両手に、みんなの手が重なっていたことを思いだせ。

大丈夫《だいじょうぶ》、ひとりじゃない。かならずそばにいると、怖《こわ》がらなくていいと、そう言ってくれたのだから。

「大丈夫」「そばにいる」「信じる」「ひとりじゃない」

小夜子《さよこ》さんや、キヨ、クジョー、アチャコの声が、俺の呼吸を落ちつけてくれる。

長く長く、息を吐《は》く。それから、テラジ先輩《せんぱい》を静かに見つめた。

先輩の寝顔《ねがお》は、やっぱりすごく幸せそうだ。テレビから流れてくる、楽しそうなホームビデオと同じような夢の中に——今まさに、先輩はいるんだ。

「戻《もど》りたかったんすね……」

こらえきれずに、俺の目から、ついに涙《なみだ》があふれた。

「テラジ先輩。ずっと、本当はずっと、さみしかったんすね………」

できることなら、今すぐいっしょに新館に行って、夢の中にいる先輩の肩《かた》をつかんで、直接語りかけたかった。

いつか、俺らはいっしょに——夜明けを迎《むか》えるんです。だって、ちゃんと現実の世界に、先輩を想《おも》っている人がたくさんいるんですよ。ほら、まさに俺が、その証拠《しょうこ》じゃないっすか！

だから、だからさ、先輩《せんぱい》。

「なぁ、起きて。起きてくれよ……！」

ほとんど泣《な》き叫《さけ》ぶように何度呼びかけても、先輩は起きない。

俺《おれ》は、小さな子どものように嗚咽《おえつ》した。うなりながら、叫びながら、腕《うで》でぐしぐしとこすって、なんとか呼吸を落ちつけようと、自分に言い聞かせる。

深呼吸だ、深呼吸。何度でも、深く息を吸う。そして何度でも、祈《いの》る。

銀山先生、小夜子さん、キヨ、クジョー！

どうすればいいか、教えてくれ！　どうすれば先輩を救えるか、俺になにか――。

「ズゴォォッ……！　ふがあああぁ」

親父《おやじ》さんのイビキが、またいちだんと大きくなった。

「なんなんだよ、どうなってんだよこれは……」

俺は泣きながら脱力《だつりょく》して、窓の外を見た。この家が、家の中が、こんなにめちゃくちゃになっているとも知らずに、雪はしんしんと、静かに降り積もっていく。

「ああ……」

まるで、あれと同じじゃねぇか。

新館で見た、ガラスケースの中のミニチュアの家を思いだした。すっかり雪で覆《おお》われてしまった、小さな寺嶋家。

あれは、テラジ先輩《せんぱい》の心が、新館にかたむいている証拠《しょうこ》だと、華世子はそう言っていた。

は……、そうかよ、なるほどな。じゃあ、あのミニチュアの家と、本物の寺嶋家は、繋《つな》がっていたってことなのか。クソ。もっと早く気づければ、あんなガラスケース、俺《おれ》が割ってやったのに――。

ハッとした。

「そうだ、そうじゃねぇか……！」

ずっと、先輩を「起こすこと」ばかり考えていた。だけどいっそのこと、俺がそっちに行って、直接助ければいいんじゃないのか？

そうだ、今からでも遅《おそ》くない。新館に行って、あのガラスケースを壊《こわ》すんだ。そうすれば、テラジ先輩の目が覚めるんじゃないか？　そうしたら、凍《こお》ったようにバラバラになった寺嶋家も、元に戻《もど》るかもしれない――。

最初に新館へ行ったとき華世子に言われた――「本物の新館へ行くための、ただひとつの方法」を頭の中で繰《く》り返《かえ》す。

（本物の新館に来てもらうためには、どうしても、本館の入館証を燃やして灰にしなくちゃいけないの。あとはただ、ガラスの鍵《かぎ》を握《にぎ》って目をつむればいいだけ。そうすれば、一瞬《いっしゅん》でここに来られる）

ごくり、と唾《つば》を飲みこみ、俺《おれ》はダウンジャケットのポケットに手を入れた。

そこから、薄《うす》い木の板を――入館証を取りだす。

イッペー様 残り 七日

ドクン、ドクン。

決意したのに情けないけど、心臓がうるさいくらい鼓動《こどう》し始《はじ》めた。

強がれない。やっぱ怖《こわ》い。本当は怖くてたまらない。ぶっちゃけ行きたくない。だけど、そんなふうに「行きたくない場所」に、先輩《せんぱい》がいるんだと思うと、こうするほか道はない。どうしても、恐怖《きょうふ》よりも「助けたい」が勝《まさ》る。

「よし……」

リュックの中に、震《ふる》える手を入れる。そこから、宝石のように輝《かがや》くガラスの鍵《かぎ》を取りだして、俺《おれ》はズボンのポケットに入れた。

玄関《げんかん》のほうから、ガラスの蝶《ちょう》が飛んでくる。喜びをおさえられないように、うれしそうに、きらきらと羽を揺《ゆ》らして――。

ぎゅっと目を閉じて、小夜子さんの言葉を思いだす。

(昨日と今日が、たとえどんなに苦しくても、かならず夜が明ける、明日には光がさす瞬《しゅん》間《かん》が来ると信じる。それさえできれば、かならず、かならず抜《ぬ》けだせます。たとえ、理解できない力が働いて、あなたたちを暗い方向に迷わせようとしたとしても)

そうだ、俺は絶対、絶対に絶対に諦《あきら》めない。

ハッと腹に力を入れて、目を開いた。入館証と鍵を同時に持って立ち上がる。

新館に行ったら、なによりもすぐに、あのガラスケースを割る。

悲惨《ひさん》なほど汚《よご》れたキッチンに向かい、テキトーな皿を一枚見つけると、焦《こ》げだらけのガスコンロに火をつけた。

すぐ近くを、あの蝶が飛んでいる。

――うれしいわ。あなたも来てくれるのね。

「そうじゃねぇ。そうじゃねぇんだよ……！」

俺《おれ》は、蝶《ちょう》をにらみつけた。

「おまえのために行くんじゃない。テラジ先輩《せんぱい》を――助けに行くんだ」

入館証に火をつけた。

炎《ほのお》が、あっという間に、薄《うす》い木の板を燃やしていく。

深呼吸をする。

大丈夫《だいじょうぶ》だ。大丈夫。俺は、怖《こわ》がらない。絶対に。

キッチンの横の、小さな窓。その向こうで雪が降っている。踊《おど》るように舞《ま》う大量の雪は、それぞれが生きているみたいに輝《かがや》いていた。

今さっきまで感じていた恐怖《きょうふ》が、その雪を見たとたん、不思議とふっと和《やわ》らいだ。

そうだ。小夜子さんたちがそばにいる。いっしょに戦ってくれる。

見えなくても俺が不安にならないように、きっと――この雪を通して言ってくれている。

大丈夫だ、ずっとそばにいると。

みんなで重ねた拳《こぶし》を思いだし、俺は拳に力をこめた。

入館証が燃えきって灰になる。

ポケットから取りだすと、ガラスの鍵《かぎ》が、さっきよりずしりと重くなっている気がした。

「わ…………」

透明度《とうめいど》も輝《かがや》きも増して、まぶしくてたまらない。反射的に目を細めながら、俺《おれ》は鍵を両手で握《にぎ》りしめた。

——新館へ行く。先輩《せんぱい》を助けるために。

とたん、強烈《きょうれつ》な眠気《ねむけ》が襲《おそ》ってきた。もう限界だ。とても目を開けていられない。

吸いこまれるようにまぶたを閉じながら、俺は強く決意する。


恐《おそ》れない。

行ってやるよ、
やってやるよ。

待ってろよ、新館め――――。

エピローグ

一瞬《いっしゅん》だったのか、それとももっと長い時間だったのか。

目が覚めると、俺《おれ》はかねやま新館にいた。

いつの間にか座《すわ》っていたらしい布張りの椅子《いす》ごと、真鍮《しんちゅう》のシャンデリアがまぶしいくらい俺をぎらぎらと照らしてくる。

「あ…………」

すぐに立ち上がり、部屋じゅうを見渡《みわた》してみたけれど、どこにも先輩《せんぱい》はいない。それどころか、あのにっくき華世子《かよこ》も——蝶《ちょう》の姿さえもない。

どこにいるんだ。まさか、どこかの部屋に閉じこめられているんじゃ……！

奥《おく》か？　奥にいるのか？　あの、真実《しんじつ》の湯《ゆ》があったところだろうか。

あわてて奥の扉《とびら》にかけようとして、立ち止まった。

いや、そうじゃない。落ちつけ。俺《おれ》はなにしにここに来たんだった？　先輩《せんぱい》を捜《さが》すよりも、まずはあのミニチュアの家だ。あのガラスケースを壊《こわ》しさえすれば、きっと先輩の目が覚める。いっしょに、元の世界に戻《もど》れるはずなんだから――。

急いで後ろを振《ふ》りむき、壁《かべ》のほうに視線を向け、俺は目を見開いた。

ドクン。心臓の音が不気味に跳《は》ねる。

「どうして……」

――ない。

左側の壁にあったはずの、あの、天井《てんじょう》まで続く棚《たな》。水槽《すいそう》のようなガラスケースが、いくつも隙間《すきま》なく並んでいたはずなのに、それが、ない。

ここに、たしかにあったはずなのに。寺嶋家《てらじまけ》とそっくり同じデザインの、雪が降り積もった、凍《こお》ったミニチュアの家が――。

「なんでだ。なんで……」

額に大粒《おおつぶ》の汗《あせ》が浮《う》かんだ。焦《あせ》りと、暖炉《だんろ》の熱のせいで暑い。ダウンジャケットを脱《ぬ》ごうとした瞬間《しゅんかん》。

「なにを捜しているの？」

背後で声が聞こえてドキッとした。

振《ふ》りむくと、暖炉《だんろ》の前に華世子が立っている。ゆったりと微笑《ほほえ》む赤い唇《くちびる》に、恐怖《きょうふ》と同じ分量で、怒《いか》りがせり上がってきた。

「おまえっ……！」

うそをつき、俺《おれ》を――テラジ先輩《せんぱい》を――アチャコも――いや、もしかしたらもっとたくさんの子どもたちを、こいつは惑《まど》わせていたのかもしれない。

つかみかかろうとした俺の腕《うで》を、華世子の細い手がパッとつかんだ。

信じられない力だ。少しも力を入れていないように見えるのに、いとも簡単に俺の腕を押《お》さえこんでしまう。

ああ、情けねぇ。全力で抵抗《ていこう》しながら、悔《くや》しさで涙《なみだ》が出そうになった、なにが、金の卵。未来のスターだ。キックボクシングをやっているのに、ちっとも歯が立たない。

ふふふ、かわいい。小ばかにするように余裕《よゆう》の笑《え》みを浮《う》かべる華世子に、俺はもう、怒りを言葉でぶつけることしかできない。

「ふざけんな！　おい！　テラジ先輩はどこにいるんだよ！　あのミニチュアの家はどこに行ったんだよ！　先輩を返せよ！　おまえのせいで、親父《おやじ》さんまで眠《ねむ》っちまってんじゃねぇかよ！　おい！　先輩《せんぱい》を返せ！　寺嶋家を、あの家を返せよ――！」

唾《つば》を撒《ま》き散《ち》らしながら大声で叫《さけ》ぶ俺《おれ》に、華世子は少しもひるむことなく、「まあ」と、からかうように目を見開く。

「まさか、あのミニチュアの家を壊《こわ》そうと思って、ここに来たの？　イッペーくんたら、すごいわ、賢《かしこ》いじゃない。たしかに、あなたの想像どおりよ。あのガラスケースさえ割ることができれば、テラジくんの目は完全に覚める」

「や、やっぱり……！」

「でもね」

華世子が勝《か》ち誇《ほこ》ったように笑う。

「あなたには、あのガラスケースを割ることはできない。不可能なのよ」

「は、なんでだよ！」

「それは、ゆっくり考えてちょうだい、ゆっくりとね……」

ふふふ、といかにも楽しそうに笑ったかと思うと、突然《とつぜん》、俺の腕《うで》が解放された。急に放されたので、バランスを崩《くず》して「うわあ！」と前につんのめる。

すぐに立ち上がり、あぜんとした。

「は……、え!?　あれ!?」

華世子は、どこにもいなくなっていた。

まるで呪《のろ》いのように、言葉だけが頭に繰《く》り返《かえ》される。

（あなたには、あのガラスケースを割ることはできない。不可能なのよ）

「なんで、なんで不可能なんだよっ……！」

悔《くや》しくて地団駄《じだんだ》を踏《ふ》んだ瞬間《しゅんかん》、カーテンの奥《おく》から、窓がピシピシと震《ふる》える音が聞こえた。

「え……？」

ごうごうと、風の音も響《ひび》いてくる——気がする。

ドクン。ドクン。

早鐘《はやがね》のように鳴る胸の音を、右手で押《お》さえこむようにしながら、窓のほうへと近づいた。

震える手で、シャッとカーテンを開ける。

「な……！」

外は真っ白だった。

「な、なんで――」

前回来たとき、この窓の向こうには、月明かりに照らされた花畑が広がっていたはずだ。

まちがいない。薄《うす》いピンク色の、金平糖《こんぺいとう》のような小花が無数に咲《さ》いていたのを覚えている。そして、花畑のさらに向こうには、黒く輝《かがや》く夜の海が広がっていた――はず。

なのに。

俺《おれ》は、凍《こお》ったようにかたまった。

窓を震《ふる》わせるほどの猛吹雪《もうふぶき》。そこには、花畑も、黒く輝く海もなにもない。ただただ荒《あ》れ狂《くる》ったように大量の雪が吹《ふ》き荒《あ》れる、真っ白いだけの空間。

ドクン。ドクン。ドクン。ドクンドクンドクンドクンドクンドクン。

両手で、胸に手をあてる。深呼吸をして、俺は目を凝《こ》らした。

落ちつけ。大丈夫《だいじょうぶ》だ。この向こうに、きっとなにかがあるはずだ。吹雪の向こうに、きっとなにかヒントが――。

だけど、ああ、なにも見えない。

「窓越《まどご》しじゃだめだ……！」

玄関《げんかん》から外に出ようと、ばっと勢いよく振《ふ》りむいた瞬間《しゅんかん》。

「え……？」

俺《おれ》は、あぜんとした。

部屋が——暖炉《だんろ》のあったあたりの一部だけが——見慣れた空間に変わっている。

「お、お……」

驚《おどろ》きすぎて声にならなかった。

これは、俺《おれ》ん家《ち》——じいちゃんちの居間だ。

まちがいない、この畳《たたみ》。じいちゃんのお気に入りの丸い座椅子《ざいす》。ばあちゃんが毎晩使っている、足ツボの健康器具まで転がっている。

「そんな、そんなはず……！」

混乱しながら、玄関に向かうと、

「うそだろ……!?」

玄関も、もはやすっかり家と同じになっていた。

じいちゃんとばあちゃんの長靴《ながぐつ》。葉ちゃんのスニーカー。俺のスノーブーツ。

わけがわからないまま、とりあえず外を確認《かくにん》しようとスノーブーツを履《は》いた。履き慣れた自分の靴《くつ》に、ますます混乱する。

バンッと扉《とびら》を開けたとたん、猛吹雪《もうふぶき》に体がさらわれそうになった。凍《こご》えるような寒さだ。着ていたダウンジャケットのフードを、急いでかぶる。

白くてなにも見えない。

骨の髄《ずい》まで凍《こお》りそうな強烈《きょうれつ》な寒さの中、必死で脚《あし》を踏《ふ》んばりながら、俺《おれ》は前方へとなんとか足を進める。

息をするのも忘れていた。

ここは、どこだ？

これは――なんなんだ？

目だけじゃない、自分の全神経を使って、吹《ふ》き荒《あ》れる白い世界を歩きつづけ――。

「あ、ああっ……！」

ついに、吹雪の向こうに見つけた。

四角い窓からもれる、わずかな灯《あか》り。

そこには、たしかに家があった。雪にすっかり覆《おお》われてしまってどんな家かはよくわからないけれど、たしかに、そこに小さな一軒家《いっけんや》がある。

どんな人がいるかまでは、さすがにわからない。だけど、その家の、窓の向こうで誰《だれ》かが動いているのが、シルエットでわずかに見える。

まちがいない、あそこに誰かいる。

なんとかして、その家まで行ってみようと前のめりになった瞬間《しゅんかん》——。

ゴオン……ッ。

額が、硬いなにかにぶつかった。跳《は》ね返《かえ》されるように、俺《おれ》は雪の中に倒《たお》れこむ。

「痛《いて》え……！」

なんとか立ち上がった。もう、髪《かみ》からまつげから、すべてが雪まみれだ。

それでも俺は、前を向いた。

諦《あきら》めない。俺は絶対、諦めない——！

吹雪《ふぶき》の中で、自分がなににあたったのか、手を伸《の》ばして確認《かくにん》した。

「えっ……」

それは——ガラスの壁《かべ》だった。

透明《とうめい》のガラスの壁が、行く手を阻《はば》むように、どこまでもそびえ立っている。これ以上、まったく前には進めない。

ごく、と、俺《おれ》は唾《つば》を飲みこむ。

も、もしかして――。

嫌《いや》な想像が浮《う》かんで、首を横に振《ふ》った。

まさか。そんなはずないよな。

俺の今立っている、この場所。ここは、新館じゃなくて。新館の中にある――あの棚《たな》の――ガラスケースのひとつにすぎないなんてことはないよな。

だとしたら、あの隣《となり》の家にいる人こそ、テラジ先輩《せんぱい》だったり――。

嫌な汗《あせ》が、首筋に流れる。

「いやいや、ないって。さすがにそんなわけが……」

瞬間《しゅんかん》。頭上で。

ガチャン

鍵《かぎ》がかかった、音がした。

松素めぐり（まつもとめぐり）

1985年生まれ。東京都出身。多摩美術大学美術学部絵画学科卒業。『保健室経由、かねやま本館。』で第60回講談社児童文学新人賞を受賞し、デビュー。同シリーズ１～３巻で第50回児童文芸新人賞を受賞。そのほかの作品に、『おはなしサイエンス　宇宙の未来　パパが宇宙へ行くなんて！』（講談社）がある。

本作品執筆にあたり、マスタージャパンのインストラクター・宮田欽章様にインタビュー協力を頂きました。この場を借りて心からお礼を申し上げます。

保健室経由《ほけんしつけいゆ》、かねやま本館《ほんかん》。7

2024年２月20日　第１刷発行

著者――――――松素《まつもと》めぐり
装画・挿画――――おとないちあき
装丁――――――大岡喜直（next door design）
発行者―――――森田浩章
発行所―――――株式会社講談社
〒112-8001
東京都文京区音羽2-12-21
電話　編集　03-5395-3535
　　　販売　03-5395-3625
　　　業務　03-5395-3615
印刷所―――――株式会社新藤慶昌堂
製本所―――――株式会社若林製本工場
本文データ制作――講談社デジタル製作

N.D.C. 913　271p　20cm　ISBN978-4-06-534136-0

〈かねやま本《ほん》館《かん》のお湯と効能〉

東雲《しののめ》色《いろ》の湯　効能：信頼《しんらい》

錆《さび》色《いろ》の湯　効能：還《かえ》る

桜鼠《さくらねず》色《いろ》の湯　効能：思慕《しぼ》

裏葉《うらば》色《いろ》の湯　効能：完遂《かんすい》

生成《きなり》色《いろ》の湯　効能：不安

鉛《なまり》色《いろ》の湯　効能：虚無《きょむ》

朽葉《くちば》色《いろ》の湯　効能：不信

勿忘草《わすれなぐさ》色《いろ》の湯　効能：不変

煤《すす》色《いろ》の湯　効能：我慢《がまん》

夏虫《なつむし》色《いろ》の湯　効能：忍苦《にんく》